Für meine Mutter und ihre Träume, die sie nur
träumen konnte, und für meinen Großvater, der
viel zu früh gestorben ist und den ich gerne kennengelernt hätte.

Ulrich Sichau

Die Tochter des Dichters

Biografischer Roman

Vorwort

Die 12 Jahre des Nationalsozialismus, die Zeit der deutschen faschistischen Diktatur: Wer von uns heute hätte gern in dieser Zeit leben wollen?

Und doch gab es Menschen, die wurden ungefragt in diese Zeit hineingeboren. Sie lebten und gestalteten ihren Alltag. Sie mussten diese Zeit aushalten und ertragen und bestenfalls überleben.

Dieser Roman ist der Versuch, die Schicksale einiger Menschen in dieser Zeit zu beschreiben. Es geht um meine Mutter und ihre Eltern, meinen Großvater Jakob und meine Großmutter Helene, und die Brüder meiner Mutter Heiner und Hans.

Ich erzähle diese fiktive Geschichte auf der Grundlage von Dokumenten, Fotos und erzählten Überlieferungen, wie beispielsweise den Lebenserinnerungen meiner Mutter, die sie anlässlich ihres 90. Geburtstags aufgeschrieben hatte. Diese Erinnerungen hielten nicht immer den historischen Tatsachen stand. So brachte meine Mutter den Film „Jud Süß" (1940) und die Reichspogromnacht (1938) miteinander in Verbindung, was offensichtlich nicht plausibel ist. Auch ihre Erzählung, man hätte sich vor der Mitgliedschaft in der Hitlerjugend oder im

Bund Deutscher Mädchen „drücken" können, musste ich zumindest in Frage stellen, da spätestens seit 1936 eine Zwangsmitgliedschaft für diese Jugendverbände bestand.

Unabhängig von diesen historischen Fakten ging es mir vor allem darum, ein Gefühl dafür zu entwickeln, wie das Leben meiner nahen Verwandten in dieser Zeit der Unfreiheit, Repression und Angst wohl ausgesehen haben könnte. Mit meiner eigenen Fantasie habe ich mich gefragt, welche Träume diese Menschen vielleicht hatten und wie viele dieser Träume für immer zerstört wurden, weil die Diktatur und der barbarische Krieg der Nationalsozialisten diese Menschen daran hinderten, ihre Lebenswünsche zu realisieren. Ich hoffe, dass solche Zeiten nie wieder anbrechen werden.

Februar, 2024

Inhalt

Margarete auf der Straße — 1

Im kleinen Haus — 6

Jakob im Dorf — 12

Oktober-Sonntag — 17

Die Lederfabrik — 25

Kerzen und Fackeln — 31

Große Bühne — 37

Theatermann — 43

Allein in der Stube — 49

Lärm — 55

Im Schatten — 61

Entbehrungen — 66

Kleiner Mensch — 71

Abgrund — 77

Kinderfrau — 83

Der Mob — 88

Sackgasse — 95

Der Krieg — 104

Auf dem Präsentierteller — 110

Helene — 122

Margarete in der Stadt 129

Erste Liebe 140

Getrennt 160

Glück im Unglück 172

Das Ende des Krieges 186

Heimkehrer 205

Margarete auf der Straße

Es ärgerte sie. Sie verstand es nicht. Es machte ihr Angst. Was hatte sie ihnen getan? Nicht nur einmal, immer wieder liefen sie hinter ihr her. Ob sie zum Bäcker ging oder gerade vom Metzger kam, selbst wenn sie auf dem Nachhauseweg von der Schule war, sie verfolgten sie, in gebührendem Abstand, aber sie riefen es laut und deutlich über die Straße. Jeder konnte es hören: "Dichtergöre! Dichtergöre!" Sie lachten dabei, zeigten ihr die langen Nasen, machten mit ihren Händen wackelnde Eselsohren an ihren Köpfen. Sie ließen sie nicht in Ruhe.

Sie wusste nicht, was das zu bedeuten hatte. War das ein Schimpfwort, das sie noch nicht kannte? Sie ahnte nur, dass die anderen sie ärgern wollten. Sie war erst sieben Jahre alt. Sie sollte erst viel später dahinterkommen, was mit diesen Rufen gemeint war. Hätte sie verstanden, warum die Buben ihr das zuriefen, hätte sie sogar fast ein wenig stolz darauf sein können.

So aber beschleunigte sie ihren Schritt, klammerte die Einkaufstasche fester in ihren Arm oder zog den Schulranzen noch enger an ihren Rücken. Die Mutter wartete zu Hause mit dem Essen.

Sie hatte ihr schon ein paar Mal davon erzählt, wie sie gehänselt wurde, was die Buben hinausposaunten auf der Straße und dass sie immer öfter hinter ihr her waren. Die Mutter hatte streng geschaut, die Stirn in Falten gelegt, jedoch nicht viel dazu gesagt. Geh mit deinem Bruder von der Schule nach Hause, dann passiert dir das nicht, meinte sie knapp. Ihrem Bruder war sie peinlich, das wusste sie, sie als Mädchen kam für ihn nicht in Frage. Der schloss sich lieber seinen Freunden an. Seiner großen Schwester Begleitschutz zu geben, das wäre ihm nie in den Sinn gekommen.

Jetzt waren sie verschwunden, die Schreihälse, waren rechts und links abgebogen in ihre Straßen und Gassen, zu ihren Häusern. Margarete konnte ausatmen und den Schritt verlangsamen. Sie hatte es nämlich in Wirklichkeit nicht eilig, nach Hause zu kommen. Wenn es Vater schlecht ging, lag er in seinem Bett im Schlafzimmer. Und dann mussten sie leise sein, sie und ihr Bruder. Das gefiel ihr nicht. Sie konnte nicht rennen, sich verstecken oder Lieder singen, die sie gerade in der Schule gelernt hatte. Heiner, ihr Bruder, verzog sich meist auf den Bolzplatz, traf sich mit seinen Kumpels. Sie musste zu Hause bleiben, am Küchentisch die Hausaufgaben erledigen und danach der Mutter im Haushalt helfen, sie war die Große und Vernünftige. Und sie musste still sein, wenn der Vater schlief.

Es war Sommer 1932 und es war ganz bestimmt kein Fasching mehr. Doch überall an der langen Hauptstraße im Ort hingen die Fähnchen aus den Fenstern, steckten in den Fensterläden. An manchen Häusern waren sogar richtig große Fahnen angebracht. Das merkwürdige schwarze Kreuz im weißen Kreis und mit kräftig roter Farbe eingerahmt, das flatterte jetzt im ganzen Dorf. Und schon oft war Margarete auf die Straße gesprungen, wenn die Lautsprecherwagen durch den Ort fuhren, begleitet von streng und entschlossen dreinblickenden Uniformierten, die vor und hinter dem Auto marschierten. Aus den

Lautsprechern tönte Marschmusik, Getöse und gebrüllte Parolen, die Margarete nicht verstand, weil sie sich die Ohren zuhielt. Es wird Wahlen geben, hatte die Mutter ihr erklärt. Aber warum waren alle so laut und warum schrien die Uniformierten und streckten ihre Arme in die Luft? Sie verstand es nicht, sie war noch zu klein dafür.

Dem Vater gefiel das alles nicht. Man könne nicht mehr sagen, was man denkt, behauptete er. Er war nicht mehr so fröhlich wie früher. Aber vielleicht war das nur die Krankheit, die ihn plagte.

Margarete war jetzt in ihrer Gasse, die Hausnummer vier glänzte an der Wand des kleinen Häuschens, das die Eltern gekauft hatten. Das schwere Tor in den Hof musste sie mit aller Kraft öffnen. Sie fühlte sich wohl in diesem Haus. Alles roch noch neu nach Farbe. Es war gemütlich. Im kleinen Hof, eingerahmt von schützenden Mauern, konnte sie spielen. Hinten hatte die Mutter einen kleinen Garten angelegt. Im eingezäunten Stall sprangen ein halbes Dutzend Hühner und in den Käfigen mümmelten zwei, manchmal sogar drei Hasen. Meist war es ihre Aufgabe, sie zu füttern, denn Heiner war viel unterwegs auf dem Sportplatz und bei den Freunden.

Die erste Frage an die Mutter war immer: Ist Papa zu Hause? Seit sie etwas größer war und jetzt schon im zweiten Jahr zur Schule ging, wusste sie, dass davon der ganze Nachmittag abhing. Denn wenn Vater zu Hause war und schlief, dann ging es ihm nicht gut, dann musste sie still sein. Sie mochte ihren Vater, die Mutter hatte ihr erklärt, dass er krank war, dass er einen Unfall und seitdem immer wieder Schmerzen hatte. Aber manchmal vergaß Margarete das und hüpfte im Hof oder sang ein gerade gelerntes Lied. Dann war sofort die Mutter hinter ihr und schimpfte, streng und böse. Sie versprach, nie wieder laut zu sein und den Vater in Ruhe zu lassen.

Heute war Vater bei der Arbeit. Margarete war froh, auch weil das hieß, dass es ihm gerade gut ging. Sie erzählte nichts von den Rufen der Buben auf der Straße. Außer strengen Sorgenfalten auf der Stirn der Mutter wäre ohnehin nichts passiert. Für heute hatte sie die Angelegenheit für sich abgehakt.

Im kleinen Haus

Margarete liebte das kleine Häuschen, in das die Familie erst vor kurzem eingezogen war. Als die Eltern das Haus gekauft hatten, nahm der Vater sie mit in die leeren Räume. Er gab dem Malermeister Anordnungen, was zu reparieren und zu renovieren war. Sie sprang, während die Männer sich unterhielten, in den Hof und wühlte in der Erde im Garten.

Jetzt wohnten sie schon eine ganze Weile im neuen Zuhause. Die Schlafzimmer waren oben, das Elternschlafzimmer und das Zimmer, in dem sie mit ihrem Bruder Heiner schlief, unten die kleine Küche und das Wohnzimmer. Der Vater hatte dort seine Bücher im Schrank. Seit Margarete zur Schule ging und angefangen hatte, sich für diese rätselhaften Buchstaben zu interessieren, stöberte sie in den dicken und schweren Bänden hinter den Glastüren. Sie schlug die Seiten auf, suchte Bilder und begann die Texte, die dazugehörten, zu lesen. Über die Abenteuer von Max und Moritz las sie und später, als es nicht mehr nur Bilder sein mussten und die reinen Buchstaben ihr reichten, wagte sie sich an noch aufregendere Geschichten von Cowboys und Indianern heran, die Karl May aufgeschrieben hatte, als wäre er selbst in dieser wilden Welt dabei gewesen.

Sie saß dann im Wohnzimmer mit dem Buch auf dem großen Tisch. Wenn die Mutter gerade nichts für sie zu tun hatte, ließ sie Margret in Ruhe. Der Vater, der am Abend nach Hause kam, strich ihr übers Haar und lächelte, weil sie las. Ganz zu Beginn hatte er aber auch auf die Schublade im Schrank gezeigt und sie geöffnet. Sie war voller Papiere, beschriebenen Seiten und großen Schulheften. Sie erkannte die Handschrift ihres Vaters. Diese Geschichten lässt du in Ruhe, meinte er sehr ernst. Das sind meine Geschichten, ganz neu und vieles noch nicht zu Ende erzählt. Wenn ich so weit bin, lese ich dir daraus vor.

Margarete versprach, die Schublade nicht anzurühren. Sie hielt sich daran, lange Zeit, erst als sie viel älter war und sich sonst niemand mehr um die vielen beschriebenen Seiten kümmerte, schaute sie nach und verschlang alles, was ihr Vater aufgeschrieben hatte.

In ihrem zweiten Schuljahr hatte Margarete große Fortschritte in der Schule gemacht. Die Lehrer waren zufrieden mit ihr. Sie lernte schnell, konnte flüssig vor der Klasse vorlesen. Alle Lieder und Gedichte konnte sie nach einem Tag auswendig. Sie sagte sie ihrer Mutter auf und abends dem Vater, der lachend applaudierte. Heiner, ihr Bruder, verzog sich dann immer in den Hof. Er war gerade mal ein Jahr jünger als sie. Er konnte mit dem Ehrgeiz seiner Schwester nichts anfangen.

Am Abend saß der Vater am großen Tisch im Wohnzimmer, seine Schublade stand offen und einzelne Blätter lagen auf dem dunklen Holz, die Tischdecke hatte der Vater entfernt. Er schrieb mit dem Bleistift, radierte, strich bereits Geschriebenes durch und schrieb wieder neu. Er dachte nach, schaute an die Decke und aus dem Fenster auf die Straße, als könne er da neue Gedanken einfangen und sie auf dem Papier festhalten.

Für Margarete war das alles sehr geheimnisvoll. Sie saß in der Ecke am Boden und traute sich nicht, ein Geräusch zu machen. Der Vater könnte sie bemerken und ihm würde einfallen, dass seine Tochter längst im Bett sein müsste. Auch wenn sie nicht genau wusste, was der Vater tat, so war sie doch ziemlich sicher, dass es etwas sehr Wichtiges und Bedeutendes sein musste, wenn er sich am Abend nach der harten Arbeit in der Fabrik hinsetzte und Papiere von vorn und hinten beschrieb.

Diese geheimnisvollen Momente beendete die Mutter immer zu früh. Sie hatte ihre Tochter in der Ecke entdeckt, nahm sie still bei der Hand und schickte sie nach oben ins Bett zum Schlafen. Auch ihre Mutter wollte nicht stören, sie wusste Bescheid über das, was der Vater da schrieb.

Am Morgen traf sich Margarete mit ihren Freundinnen an der Ecke. Zusammen gingen sie über die leeren Straßen zur Schule. Manchmal ratterte ein alter Lieferwagen durchs Dorf und zwang sie, auf die Seite auszuweichen. Die Mädchen erzählten sich ihre Geschichten, so viel war schon wieder passiert seit gestern. Liese hatte zuhause Radio gehört, nein, nicht Musik, sie erzählte von einem Boxkampf, den ein Deutscher gewonnen hätte, in Amerika sei das gewesen. Ihr Vater sei stolz gewesen. Katharine hatte ihren Vater bewundert, der am Abend seine neue Uniform angezogen und vorgeführt hatte, braun wie die Haselnuss und mit roter Armbinde und dem komischen Kreuz. Zu einer Versammlung ins Wirtshaus sei er gegangen, und er hatte gesagt, dass sich bald alles ändern würde.

Margarete konnte bei den Sensationen der Freundinnen kaum mithalten. Was wäre an ihrem schreibenden Vater auch besonders gewesen? Von ihren Hasen konnte sie berichten und dass sie traurig sei, weil ihr Vater angedeutet hatte, dass der dicke Moppel wohl bald geschlachtet werden sollte. Darfst du dabei zugucken, fragten die Mädchen.

Dann saßen sie in ihren Bänken, riefen im Chor ihren Morgengruß dem Lehrer entgegen. Sie rechneten und schrieben und hörten Geschichten von Rittern und versunkenen Schätzen und Heldentaten. In der großen Stadt Worms, gleich neben ihrem Dorf, dort, wo auch der Vater arbeitete, hätten die Nibelungen gewohnt mit ihrem ganzen Hofstaat. Dort hätten sich Kaiser und Könige zusammengefunden und die wichtigsten Entscheidungen für Deutschland getroffen und darauf könnten sie alle sehr, sehr stolz sein.

Und alles sogen sie auf, die Mädchen und die Jungen, mit offenen Mündern und spitzen Ohren. Margarete konnte gar nicht genug kriegen von diesen Geschichten, weil alles neu und mehr war als das kleine Dorf, in dem sie lebte, weil die Welt so groß war. Und sie wollte alles von ihr wissen.

Jakob im Dorf

Nach Jakob schauten sich die Leute um, er war ein attraktiver Mann, jung, schlank, volles Haar und ein markantes, freundliches Gesicht. Er war im Sommer dreißig Jahre alt geworden und hatte längst eine Familie gegründet, mit der er sich im Dorf eingerichtet hatte. Zwei Häuser neben seinem Elternhaus hatte er ein eigenes kleines Häuschen gekauft. Er konnte sich nun auch um seine Mutter kümmern, denn sie war allein. Ihr Mann, Jakobs Vater, war früh gestorben, der Sohn kannte ihn nur aus Erzählungen.

Er konnte glücklich sein mit seiner Familie. Seine Tochter Margarete ging schon in die zweite Klasse und war zuhause eine große Hilfe. Sein Sohn Heiner war gerade eingeschult worden. Sie waren aus dem Gröbsten raus in diesen schwierigen Zeiten. Gott sei Dank, er hatte Arbeit, einen sicheren Arbeitsplatz in der großen Lederfabrik in Worms. Dorthin fuhr er jeden Morgen mit dem

Fahrrad. Im Rest der Republik stöhnte man über Arbeitslosigkeit, doch hier in Worms hatten sie es gut.

Wenn Jakob durchs Dorf ging, zum Sportplatz, zur Kirche am Sonntag, zum Wirtshaus, kam er meist nicht weit. Sie kannten ihn, den jungen Hellmann. Er grüßte in alle Richtungen und er wurde gegrüßt.

Wenn er Zeit hatte – und meistens nahm er sich die Zeit – dann blieb er stehen. An einem Tor zu einem Haus, an der Straßenecke oder neben der Fußballwiese. Er hörte sich an, was es Neues gab, wo Nachwuchs eingetroffen war, ob jemand wieder Arbeit gefunden hatte. Der Bäcker, der Metzger und die Handwerker im Ort, sie jammerten über ihre Geschäfte, die Leute hätten kein Geld und sie würden nicht kaufen. Und doch wusste Jakob, dass das nur die halbe Wahrheit war. Sie hatten alle ihre Preise in den letzten Jahren erhöht und eigentlich ging es ihnen ganz gut.

Sie mochten Jakob. Er tat etwas im Dorf, er sorgte sich um die Gemeinschaft. Er redete nicht nur, sondern er packte zu. Aber alle waren auch auf der Hut, denn Jakob war anders als sie. Er schrieb Dinge auf, die er gehört hatte, machte sich

Gedanken, er produzierte Gereimtes daraus. Und spätestens an Fasching, wenn die große Prunksitzung im Saal stattfand, stand der Jakob vorne am Rednerpult, als rot-weißer Clown verkleidet, und ließ seine Spottgedichte über einen niederprasseln. Es konnte jeden treffen, die Honoratioren, die Ladenbesitzer oder die kleinen und großen Handwerker im Dorf. Jakob war in dieser Beziehung ungnädig. Alles, was er im Laufe des Jahres in leutseligen Runden aufgeschnappt hatte, formte er in spitze Reime und präsentierte sie an Fasching in aller Öffentlichkeit. Manchmal kamen die Dorfbewohner schon vor der Faschingssitzung auf ihn zu und fragten ihn: Hast du was über mich in diesem Jahr? Auch nach der Sitzung kamen sie, wenn Jakob über sie gespottet hatte, und riefen ihm verärgert zu, sie würden nie mehr mit ihm reden. Diesen Vorsatz vergaßen sie aber meist wieder im Lauf des nächsten Jahres.

Sie respektierten Jakob, weil er keine Grenzen überschritt, nie Menschen verletzte. Unbestreitbar war das witzig, was er da vortrug in der Prunksitzung. Viele, die ihn kannten, wussten, was er abends in seinem Wohnzimmer am großen, dunklen Holztisch aufschrieb. Manche nannten ihn den Dichter, wenn sie mit anderen über Jakob sprachen und zwinkerten dabei und lachten verschmitzt. Es Jakob selbst ins Gesicht zu sagen, traute sich keiner.

Als Dorfdichter und Familienvater hatte sich Jakob seit Jahren Respekt verschafft. Und doch wurden die Gespräche mit den Nachbarn schwieriger. Die große Politik machte auch vor dem Dorf nicht Halt. Eine Regierungskrise in Berlin jagte die nächste, fast jedes halbe Jahr fand eine neue Wahl zum Reichstag statt und die Reichskanzler wurden ausgetauscht wie verdorbene Ware. Rote Fahnen mit Hammer und Sichel und vermehrt die Hakenkreuzfahnen der NSDAP flatterten an den Häusern ihres kleinen, unscheinbaren Dorfes.

Wenn Jakob jetzt durch die Straßen ging, sah er Nachbarn in der braunen Uniform, die sich abwendeten, wenn sie ihn sahen, immer weniger wollten mit ihm reden. Er verstand das Getöse nicht, das mit Lautsprecherwagen und marschierenden Trupps auf den Plätzen und Straßen veranstaltet wurde. Jakob gehörte zu keiner Partei. Er war Arbeiter und er sympathisierte mit denen, die sich um die Arbeiter kümmerten. Was sollte er sonst tun? Die NSDAP und ihre Aufmärsche machten ihm Sorgen. Sie hatten im Sommer gute Ergebnisse bei den Wahlen erzielt, aber es gab auch andere starke Parteien. Im Frühjahr hatten alle den Hindenburg wiedergewählt, Hitler war glatt durchgefallen, so hatte Jakob seine Sorgen beruhigt.

Er bedauerte die Veränderungen im Dorfleben. Wohin sollte das alles noch führen? Er hätte es gern gehabt wie früher, als jeder mit jedem reden und sich dabei ehrlich in die Augen sehen konnte.

So war es nicht mehr und auch weil es Herbst war und bald Winter wurde, verbrachte Jakob immer mehr seiner Abende im Wohnzimmer, schrieb sich die Finger wund und dachte nicht so sehr an die Zukunft. Vielleicht würde das neue Jahr die Normalität zurückbringen.

Oktober-Sonntag

Vater ging es gut. Wenn es so war, war Margarete erleichtert. Dann nahm er sich Zeit, spielte mit Heiner im Hof Fußball und schaute in Margaretes Schulhefte, um zu sehen, was sie im Unterricht lernte.

Mutter hatte schon die Brote und die Trinkflaschen im kleinen Rucksack verstaut. Es war Sonntag und heute wollten sie zusammen zum Rhein, an das Ufer des breiten Stroms und die Schiffe beobachten. Das Wetter war gut. Man spürte den nahenden Herbst, doch es versprach ein sonniger Tag zu werden.

Es sollte eine Wanderung werden heute. Im Sommer waren sie oft mit dem Fahrrad gefahren, in die Pfalz und an den Isenachweiher. Der Weiher war erfrischend gewesen, doch mit ihrem Kinderfahrrad kam Margarete nicht gut zurecht. Es hatte keinen Rücktritt und keine Bremse und sie musste sich sehr anstrengen, es zum Halten zu bringen. Einmal war sie böse gestürzt und hatte sich den Arm aufgeschürft.

Der Vater hatte den Rucksack geschultert. Margarete trug ihre kleine Umhängetasche, in der sie zwei Äpfel verstaut hatte. Sie freute sich schon auf die Rast am Rhein und ihr gemütliches Familienpicknick.

Raus aus dem Ort, sie überquerten die Hauptstraße und liefen zwischen den niedrigen Häusern und ihren schweren Hoftoren, bogen mal rechts und wieder links ab, um endlich die Ortsgrenze zu erreichen. Die Nachbarn, die aus den Fenstern schauten oder am Tor vor ihrem Haus standen grüßten die Familie, wo geht es hin, fragten sie, sie verwickelten den Vater in ein kurzes Gespräch oder riefen ihm lachend eine knappe Bemerkung zu. Margarete konnte sich keinen Reim machen, aus dem, was sie da riefen.

Nach den Häusern des Dorfs, auf den ersten Wiesen mit freiem Blick konnten sie den großen Dom sehen, der die Stadt Worms überragte. Sie würden nicht durch die Stadt gehen, das hatte der Vater beschlossen. Einfach unserem Eisbach folgen, hatte er Heiner und Margarete erklärt, der mündet direkt in den Rhein und da wollen wir doch hin. Margarete kannte den schmalen Bach, der durch ihren Ort floss, doch sie war ihm noch nie bis zur Mündung gefolgt.

Sie und Heiner liefen voraus, rannten, hielten nach Vögeln und Käfern Ausschau und warteten dann wieder auf ihre Eltern. Sie bekamen nicht mit, was die beiden redeten. Bestimmt ging es wieder um das liebe Geld, das am Ende des Monats immer zu knapp war. Der Vater verdiente, doch sie mussten das neue Haus noch abbezahlen, so hatte es die Mutter ihren Kindern gesagt. Margarete fühlte sich nicht arm, sie hatte saubere und hübsche Kleider, manches nähte die Mutter selbst und auch Heiner war angezogen wie die anderen Jungs. Es gab genug zu essen und jeder von den Kindern hatte sein eigenes Bett. Doch am Ende des Monats, wenn die Mutter Margarete zum Bäcker oder Metzger schickte, dann zählte sie ganz genau die Groschen ab, die die Tochter ausgeben durfte.

Von den Geldsorgen wollte Margarete heute nichts wissen, auch nicht vom Nachbarn in der braunen Uniform, der alle Kinder so streng zurechtwies und sie von der Straße vertrieb, wenn sie dort spielten. Margarete hatte gerade den

Namen gehört, als die Mutter ernst mit dem Vater sprach.

Nach den Häusern ging es durch die Felder, die alle längst abgeerntet waren, vorbei an der Rohrlache, wo man von weitem sehen konnte, wie immer mehr kleine Häuschen aus dem Boden wuchsen. Der Vater hatte erzählt, dass dort bald viele Menschen wohnen würden, die sich sonst keine Wohnung leisten konnten.

Die Landschaft war eben wie ein Brett, nirgends eine Erhebung, doch Margarete fühlte sich wie auf einer echten Wanderung. Eine oder zwei Stunden liefen sie schon, Margarete konnte nur am Sonnenstand abschätzen, wieviel Zeit bereits vergangen war, als sie endlich am Rhein ankamen. Ihr kleiner Eisbach floss, ohne viel Aufhebens zu machen, in den großen Fluss. Gleich dahinter lag der Floßhafen. Einige Schiffe hatten angelegt und verbrachten im Wormser Hafen einen Ruhetag. Nicht weit davon entfernt konnte man hoch oben den Nibelungenturm erkennen, den gewaltigen Eingang zur Rheinbrücke. Dort wollten sie hin, über den Rhein und am gegenüberliegenden Ufer endlich Rast machen.

Die Füße taten schon weh, doch Margarete war tapfer. Ohne Murren und Meckern lief sie weiter mit Heiner voraus. Am Hafen hielten sie kurz an, um die Schiffe zu zählen und das größte auszumachen. Dann ging es schnurstracks auf den Nibelungenturm zu.

Als sie die Teppen hochstiegen, fing Vater an zu erzählen. Margarete kannte manches schon aus der Schule, doch anderes hatte sie vom Lehrer nicht gehört. Der Vater beschrieb die schönen Frauen in ihren langen, goldenen Gewändern und die Ritter, die mit Schwert und Lanze um die Gunst der Königin kämpften. Siegfried, der junge Held, der so stark und tapfer war, eroberte die Herzen der Nibelungen im Sturm. Oben auf der Brücke zeigte ihnen der Vater eine Stelle im Rhein, da liegt der Schatz der Nibelungen, den der böse Hagen versenkt hat, damit Kriemhild, die Königin, ihn nicht an sich reißen konnte.

Wenn der Vater erzählte, war sogar Heiner still. Er unterbrach den Vater nicht mit skeptischen Fragen und sog seine Worte mit offenem Mund und staunenden Augen in sich auf. Vor Margaretes Augen erschienen die Ritter, die Königin und der ganze Hofstaat, fast war es so, als wäre sie dabei. Der Vater war genau, die Details der Waffen, die grimmigen Gesichter der Ritter und die geflochtenen Mähnen der Pferde, er schilderte alles bis in die kleinste Einzelheit. Margarete hätte Lust gehabt, auf der Stelle Bilder davon zu malen.

Doch jetzt zogen sie weiter über die Brücke ans östliche Ufer. Mittlerweile war es fast Mittag, alle hatten Hunger und Durst und Mutter entschied, dass sie unten auf den Rheinwiesen Rast machen sollten.

Am Rheinufer fand man immer einen Platz. So viele Ausflügler waren nie unterwegs. Die Sonne hatte die Wiese aufgewärmt und sie saßen im Gras, aßen ihre Brote und tranken ihr Wasser. Margarete gab einen ihrer Äpfel an Heiner ab, der ihn gern nahm.

Sie schauten den wenigen Schiffen zu, die jetzt am Sonntag über den Rhein fuhren und Margarete und ihr Bruder malten sich aus, woher die Schiffe kamen, welche Fracht sie geladen hatten und wo ihr Zielhafen sein könnte. Mit halbem Ohr hörte Margarete den Eltern zu, die sich über den Nachbarn unterhielten, den Vater ihrer Schulfreundin Katharine, der jetzt fast jedes

Wochenende mit seiner neuen braunen Uniform durch das Dorf stolzierte. Er hielt da und dort an und sprach über Politik, er machte Werbung für Hitler und seine Partei, weil bald wieder Wahlen waren. Auch die Mutter habe er schon angesprochen, als sie die Straße gefegt hatte. Sie hoffe, dass endlich Ruhe im Land einkehre, dass es aufhöre mit diesen ständigen Regierungswechseln. Man wisse gar nicht mehr, wer gerade regiere und besser sei es auch noch nicht geworden. Immer noch so viele Arbeitslose auf der Straße. Doch nicht in Worms, meinte der Vater, die Heyl-Werke würden immer mehr Leute einstellen, an die Fünftausend seien sie jetzt schon in der Fabrik, alles sei gut. Die Preise nicht, alles werde teurer, hoffentlich gebe es nicht eine nächste große Krise, entgegnete die Mutter.

Margarete verstand es nicht. Warum zogen plötzlich Menschen braune Uniformen an? Warum hingen die merkwürdigen Fahnen im Dorf? Sie spürte bei den Erwachsenen die Spannung, die in der Luft lag, doch sich erklären konnte sie das nicht.

Die Rast hatte gutgetan. Der Vater ließ seine Kinder die Namen der vorbeifahrenden Schiffe entziffern. Wer es am schnellsten schaffte, bekam einen Punkt. Margarete gewann nur knapp. Der Rückweg führte sie über die Eisenbahnbrücke, die nördlich den Rhein überspannte. Neben den Gleisen verlief ein Fußweg für die Bahnarbeiter, den sie nutzten und hofften, dass gerade jetzt kein Zug über die Brücke fuhr. Sie hatten Glück, kamen ohne den Lärm einer Lokomotive und ihrer Wagons in Worms an und diesmal ging es quer durch die Stadt in die Richtung ihres Dorfes. Sie sahen die Geschäfte und ihre Auslagen. In der Nähe des Doms stand ein Eiswagen am Straßenrand. Vater war großzügig und spendierte den Kindern eine Kugel.

Über Wiesen und Stoppelfelder marschierten sie zurück in ihr Dorf. Margarete war müde. Sie wusste, dass sie heute Abend fest schlafen würde und freute sich auf die Träume nach diesem Tag.

Die Lederfabrik

Jakobs Leben außerhalb des Dorfes und der Familie fand in der Fabrik statt. Jeden Morgen um halb sechs fuhr er mit dem Fahrrad an den südlichen Rand der Stadt in die Speyrer-Straße. Da standen die roten Backsteingebäude der Lederfabrik der Gebrüder Heyl. Schon seit über zehn Jahren war er dort beschäftigt und mit ihm viele Frauen und Männer, die er kannte. Manchmal dachte Jakob, halb Worms arbeite in der Fabrik. Im Vergleich zum Rest der Republik hatten sie es hier gut getroffen mit der Unternehmerfamilie Heyl. Sie kümmerte sich, hatte Wöchnerinnenhäuser, Kinderheime und Wohnsiedlungen für die Frauen und Männer gebaut, die für sie arbeiteten. Sie tat einiges für die Stadt.

Jakobs Vater war schon als Gerber in der Fabrik gewesen. Das wusste er allerdings nur aus den Erzählungen seiner Mutter. Er hatte keine Erinnerungen mehr an seinen Vater, kannte ihn nur von wenigen vergilbten Fotos. Trotzdem war er stolz, dass er so etwas wie eine Familientradition fortführte.

Die guten Bedingungen in der Lederfabrik und die anständigen Löhne machten die Arbeit, die jeden Tag zu verrichten war, nicht einfacher. Jakob war im innerbetrieblichen Transportwesen eingesetzt. Da wurden die schweren, noch blutigen und eingesalzenen Rohhäute an den Laderampen angeliefert. Sie mussten zu den großen Waschtrommeln gebracht und dort geladen werden. Danach kamen sie in die Gerbergruben und von dort in die Trockenhallen. Erst nach ein paar Wochen wurde das gegerbte Material gefärbt, gefettet und glatt gestoßen. In Worms hatten sie sich besonders auf Ziegenleder spezialisiert, Chevreauleder wie sie das ganz vornehm in der Chefetage nannten. Das fertige Leder wurde mit der Eisenbahn und Schiffen in die ganze Welt geliefert. Nur ein kleiner Teil des Leders wurde in den Heylschen Werken in der Zurichterei und in Bügelstuben zu Endprodukten weiterverarbeitet.

Jakob lud ab und wieder auf. Die Häute und das Leder wurden mit Loren transportiert, die von einer Halle zur nächsten auf im Boden eingelassenen Schienen fuhren. Er begleitete die Lastenwägelchen auf ihrem Weg durch die Fabrik.

Das Geschäft hatte sich erholt, das spürte Jakob. Die Zieladressen auf den großen Holzkisten, die ausgeliefert wurden, waren ihm zunehmend unbekannt. Das gefragte Ziegenleder fand seinen Weg in die ganze Welt. Noch vor fünf oder sechs Jahren hatte es Gerüchte im Betrieb gegeben und alle Beschäftigten hatten sich Sorgen gemacht. Angeblich hatten die Chefs schon Entlassungspläne in der Schublade, die, wenn sie verwirklicht worden wären, viele Frauen und Männer in der Fabrik betroffen hätten. Doch der bittere Kelch ging noch einmal an ihnen vorüber und die Pläne blieben Pläne in der Schublade.

Jakob verdiente nicht schlecht und er konnte etwas auf die Seite legen. Damit hatte er bald eine Summe beisammen, mit der er das kleine Haus in der Straße seiner Eltern kaufen und die erste Anzahlung leisten konnte. Er hatte es geschafft, dank der Fabrik, er war verheiratet, stolzer Hausbesitzer und hatte zwei gesunde Kinder. Was wollte er mehr? Auch wenn die Arbeit mühsam war, Jakob ging ohne Jammern in die Fabrik. Er war stolz, seine Familie ernähren zu können.

Doch eines hatte sich verändert, seit er bei Heyl arbeitete und in den letzten beiden Jahren wurde es immer schlimmer. Es waren die Schmerzen in seinem Kopf. Sie plagten ihn fürchterlich und manchmal, ganz plötzlich, ohne jede Warnung warfen sie ihn um wie ein Pferd. Sein Kopf war nicht mehr in Ordnung, seit seinem Unfall in der Fabrik vor vier Jahren. Die Lore zum Transport des gegerbten und getrockneten Leders war wieder einmal zu hoch beladen, an diesem Tag mussten sie noch einiges schaffen. Um durch das Tor zur nächsten Halle zu kommen, drückten sie die Ladung mit viel Gewicht nach unten. Also lag Jakob auf der Lore und auf dem Leder. So sollte die Ladung durch das nächste Tor passen. Doch es ging nicht gut, die Ladung war immer noch zu hoch und die Lore war schnell und nur schwer zu bremsen. Jakob stieß mit seinem Kopf heftig an den Sturz des Hallentors, damals. Er stürzte von der Lore, war ohnmächtig, wurde versorgt, kam ins Krankenhaus. Aber niemand konnte wirklich etwas tun.

Irgendwann ging es ihm besser, Jakob ging wieder zur Arbeit. Doch immer wieder brach er zusammen. In der Nacht, wenn er schlafen wollte, überfielen ihn die Schmerzen, so stark, dass er nur noch schreien konnte. Es half kein weiterer Arztbesuch, kein Krankenhaus und keine Medizin. Jakob musste es ertragen. Und seine Familie musste es ertragen. Er ahnte, was er seiner Frau antat mit seinen Schreien in der Nacht, erst recht seinen Kindern. Nach einer Schmerzensnacht traute sich sein Sohn kaum, ihm am Morgen in die Augen zu sehen. In Margaretes Gesicht sah er die Spuren ihrer Tränen, wenn sie beim Frühstück saß. Jakob hätte viel dafür gegeben, wenn er seiner Frau und seinen Kindern das hätte ersparen können.

Die Firma Heyl war großzügig. Sie beschäftigte ihn weiter, auch wenn er manchmal tagelang zu Hause bleiben musste oder schon wieder im Krankenhaus lag. Das war im Pech sein Glück, dass ihm wenigstens die finanziellen Sorgen genommen waren.

Jakob hatte sich arrangiert mit dem Schmerz in seinem Kopf. Die Krankenversicherungsanstalt der Lederfabrik hatte ihm sogar angeboten eine

Operation in einer Spezialklinik in Gießen zu bezahlen. Doch die Chancen, eine solche Operation zu überleben, schienen ihm zu gering, er hatte abgelehnt. Je stärker der Schmerz wurde und je öfter er sich bemerkbar machte, umso mehr versuchte er die schmerzfreien Zeiten zu nutzen. Er kümmerte sich um Helene, seine Frau, so gut es ging und er unternahm etwas mit den Kindern, machte Späße und Ausflüge mit ihnen. Er wusste nicht, wieviel Zeit ihm noch blieb. Keiner der vielen Ärzte wollte ihm eine Prognose mitteilen.

Und er setzte sich hin, abends, an den großen Wohnzimmertisch. Er schrieb seine Spottgedichte, freute sich über jeden witzigen Einfall. Er las Bücher, Gedichte und Theaterstücke, er dachte nach. Mit Bleistift schrieb er seine Notizen an die Ränder. Das tat ihm gut, dieses Schreiben, dieses Abtauchen in andere Welten, das Neuerschaffen von Schicksalen und menschlichen Begegnungen. Das vertrieb ihm den Schmerz, das war seine Therapie. Er tobte sich aus in der Fantasie, auch wenn es spät war und er am nächsten Morgen früh zur Arbeit musste, in die Fabrik.

Kerzen und Fackeln

Sie war schon wach, bevor die Mutter ins Zimmer kam, um sie zu wecken. Heiner schlief noch tief und fest im gegenüberliegenden Bett und Margarete sah kaum seinen Kopf unter der Bettdecke. Es war kalt im Zimmer, die Fenster waren beschlagen. Am liebsten wäre Margarete aufgestanden und nach unten in die Küche gestürmt. Sie wusste, dass die Mutter am Vorabend die Kerzen auf den Tisch gestellt hatte und sie hoffte natürlich auf ein Geschenk, denn heute hatte sie Geburtstag. Acht Jahre alt war sie jetzt. Sie kam sich groß vor, auch wenn sie gar nicht so groß war und in ihrer Klasse eher zu den Kleineren gehörte.

Sie würde nachher ihre Freundinnen an der Ecke treffen und sie würde der Mittelpunkt sein. Der Lehrer würde die Klasse aufstehen lassen und sie würden im Chor ein Geburtstagslied singen. Es war ein schönes Gefühl, etwas Besonderes zu sein. Heute Nachmittag würde es Kuchen geben und Liese und Katharine dürften zu Besuch kommen. Die Mutter würde ihnen eine Tasse Schokolade machen und dann könnte sie ihr Geburtstagsgeschenk auspacken und mit den Freundinnen in ihrer Puppenecke spielen.

Der Vater würde erst spät am Nachmittag auftauchen. Er war bei der Arbeit. Margarete wusste, dass er an ihrem Geburtstag immer etwas Außergewöhnliches für seine Kinder vorbereitete. Eine Postkarte mit Blumen darauf oder einem Tier aus Afrika, auf jeden Fall hätte er bestimmt ein paar schöne Zeilen auf die Rückseite geschrieben. Sie würde sie entziffern müssen, denn Vaters Handschrift war nicht ganz einfach zu lesen, auch wenn er sich immer Mühe gab, akkurat zu schreiben.

Die Laune der Eltern war in den letzten Wochen gar nicht gut gewesen. Es war so viel passiert, was ihren Vater und ihre Mutter offensichtlich beunruhigt hatte. Es gab schon wieder eine neue Regierung und ein Herr Hitler war der Chef. In den Straßen ihres kleinen Dorfs waren vor zwei Wochen braun Uniformierte mit Fackeln und lauten Rufen marschiert. Der Vater hatte an diesem Montagabend im Wohnzimmer gesessen und sie, Margarete, wie immer am Boden in ihrer Ecke. Er hatte das Fenster geöffnet und wieder geschlossen. Lärm war kurz in ihr Häuschen eingedrungen. Margarete war aufgesprungen und wollte auf die Straße laufen, um zu sehen, was für ein seltsamer Faschingsumzug da stattfand. Doch Vater hatte sie zurückgehalten, mit einem deutlichen und kurzen Nein und er hatte dabei ernst und ängstlich geschaut.

Katharine, ihre Freundin, hatte am nächsten Morgen davon erzählt. Ihr Vater sei mitmarschiert, er sei mächtig stolz gewesen und jetzt würde wirklich alles anders werden. Hitler würde Deutschland retten.

Dieser Hitler war schon in Worms gewesen, das hatte Margarete mitbekommen. Letztes Jahr im Sommer war er im Stadion, wo sonst die Wormatia Fußball spielte. An diesem Sonntag hatten viele ihre Ausgehkleider aus dem Schrank geholt und hatten sich in Schale geworfen. Dieses Ereignis wollten sie sich nicht entgehen lassen. Onkel Philipp, Vaters Cousin, war vorbeigekommen. Er hatte kurz mit Vater gesprochen und dann waren auch sie über die Felder Richtung Stadion gezogen. Als der Vater zurückgekommen war, am späten Nachmittag, war er aufgewühlt und redete aufgeregt mit der Mutter. Margarete hatte nicht verstanden, was da eigentlich vor sich ging.

Jetzt schien alles anders zu werden, so wie Katharines Vater es angekündigt hatte. Herr Hitler machte viele neue Gesetze und immer mehr Fahnen mit dem Hakenkreuz hingen in den Straßen. Auch das Rathaus und die Schule waren beflaggt. Die Mutter meinte, vielleicht gebe es jetzt Ruhe im Land und hoffte, dass das Geschrei und Gebrüll auf den Straßen nun endlich aufhörten.

Heute aber wollte Margarete ihren Geburtstag genießen. Mit diesen Erwachsenen-Themen konnte sie nichts anfangen. Sie fühlte wie ihre Mutter, das Gebrüll mochte sie nicht, auch nicht, wenn die Braunen mit ihren harten Lederstiefeln über den Asphalt der Hauptstraße donnerten, laut waren und sie, die Kinder, von ihrem Spielplatz vertrieben.

Die Mutter hatte die Schlafzimmertür geöffnet, um sie zu wecken. Margarete hatte sich schon angezogen, begrüßte die Mutter mit einem Kuss und rannte gleich an ihr vorbei die Treppe nach unten in die Küche. Die Geburtstagskerze brannten schon und die Mutter hatte ihren Teller mit ein paar Blümchen geschmückt. Aus dem Garten konnten die nicht sein, so kalt wie es draußen noch war. Ihre Mutter nahm sie fest in den Arm, wünschte ihr alles Gute und ihr verschlafener Bruder Heiner, der mittlerweile unten angekommen war, bequemte sich, ihr die Hand zu geben und zu gratulieren. Die Geschenke würde es erst am Nachmittag geben.

Liese und Katharine umarmten sie an der Ecke und in der Schule hatte der Lehrer in seinen Kalender geschaut, Margarete höflich gratuliert und die Klasse ein Lied für sie singen lassen. Margarete war dabei bestimmt fünf Zentimeter gewachsen.

Am Nachmittag gab es Kuchen und ihr Geburtstagsgeschenk und eine Blumenkarte von Vater mit einem kleinen Frühlingsgedicht. Margarete war jetzt acht und wusste, dass sie ein eigener Mensch war. Sie konnte sich erinnern an Dinge, die gewesen waren, und sie konnte von der Zukunft träumen, sie konnte sich etwas wünschen vom Leben. Das war ein erhebendes Gefühl, wenn die Sonne schien und sie spürte, dass auch übermorgen und überübermorgen die

Sonne für sie scheinen würde. Margarete war an diesem Tag sehr glücklich.

Große Bühne

Jakob war nervös, er konnte nicht mehr ruhig auf seinem Stuhl sitzen. Sie waren in Pauls zugiger Scheune untergekommen. Paul hatte seine Wägen und seinen Traktor auf den Hof gestellt. Sie hatten den Boden gefegt, die Kulissen an der hinteren Wand aufgehängt und die wenigen Möbel und Utensilien für ihr Stück aufgebaut und postiert. Jetzt probten sie. Doch die Kostüme stimmten noch nicht, seine Schauspieler verhedderten sich immer wieder in ihren Texten und von Theaterspielen konnte gar keine Rede sein. Dabei war es doch so wichtig, dass sie jetzt schnell zum Ende kämen.

Jakob hatte die vier Aufführungen, die sie auf die Bühne bringen wollten, auf Ende Mai gelegt. Ursprünglich wollten sie erst im Spätsommer gleichzeitig mit dem Kirchweihfest auftreten. Doch es war alles anders gekommen, als einmal geplant und Jakob versuchte seine Truppe zusammenzuhalten, sie zu motivieren und zur Eile zu drängen. Er hatte die ernste Befürchtung, dass es unter der neuen Regierung in Berlin vielleicht bald gar keine Auftritte mehr geben könnte.

Es kam Schlag auf Schlag. Im Februar brannte der Reichstag in Berlin, die Meldungen überschlugen sich, die Kommunisten wollten sich an die Macht putschen, so wurde es verbreitet. Und der neue Reichskanzler Adolf Hitler hatte sofort durchgegriffen, neue Gesetze angeordnet und Oppositionelle verhaften lassen. Im März, bei den letzten Wahlen war die NSDAP die stärkste Partei geworden. Die Braunen hatten die Kommunisten verjagt und die Macht in Deutschland an sich gerissen. Es gab kein ordentliches Parlament mehr, keine Opposition. Hitler und seine Partei konnten alles allein entscheiden. Und das taten sie auch. Die anderen Parteien wurden verboten oder sie lösten sich selbst auf, Zeitungen hatten sich angepasst und schrieben nur noch das, was die NSDAP erlaubte.

Und all das ging so rasend schnell, dass Jakob nicht verstand, was sich da gerade abspielte. Er selbst hatte sich bisher nicht für sonderlich politisch gehalten. Die rüden Auseinandersetzungen zwischen den Parteianhängern hatten ihn angewidert. Immer wieder diese Schlägereien vor den Versammlungslokalen, da hielt sich Jakob heraus. Er hatte sich stets dezent im Hintergrund gehalten, hatte sich bei Gesprächen mit den Nachbarn nur zaghaft und uneindeutig zu politischen Tagesthemen geäußert und er hatte sich weitgehend mit allen gut gestellt.

Der Fasching und sein Theater, das waren Jakobs große Bühnen. Dort ging er aus sich heraus, zeigte, was in ihm steckte. Das Schreiben und das Inszenieren waren seine Leidenschaften.

Und im Ort ließ man ihn gewähren. So mancher lächelte zwar über den vermeintlichen Dichter, doch was er vortrug und was er auf die Bühne brachte, das gefiel den Leuten, das hatte zumindest Unterhaltungswert. Wenn die Menschen applaudierten und er auf die Bühne gerufen wurde, um sich vor seinem Publikum zu verneigen, dann war das die ersehnte Wohltat für ihn. Ob Jakob vielleicht auch vom Mitleid der Menschen profitierte, seit alle im Dorf von seinem schlimmen Unfall in der Lederfabrik wussten, von seinen Zusammenbrüchen und seinen Schmerzen im Kopf, das wollte sich Jakob nicht ausmalen, das verdrängte er.

Wieviel Zeit verbrachte Jakob am Abend an seinem großen Wohnzimmertisch, auch wenn er am nächsten Morgen früh zur Fabrik musste? Wie viele Wochenenden verbrachte er mit Proben und Bühnenbau? Wieviel Zeit allein, um Menschen im Gespräch zu überzeugen, mitzumachen? Jakob hatte die Stunden nicht gezählt. Helene hatte ihn oft gescholten, weil er nicht zu Hause war, er sie mit den beiden Kindern allein ließ. Jakob ließ die Schelte über sich ergehen, denn er liebte, was er tat: Wenn er ein Stück aussuchte, es studierte, es umschrieb, sich Rollen neu ausdachte und sich einfallen ließ, wie das Ganze auf der Bühne gespielt werden sollte. Mit Worten zu jonglieren, aus einer Figur einen Charakter zu formen, die Menschen zu unterhalten und vielleicht sogar ein bisschen zu belehren, das alles machte Jakob glücklich. Die mühselige Arbeit und die Sorgen um die Raten fürs neue Haus vergaß er dabei. Immerhin waren Heiner und Margarete groß genug, für sich allein zu sein und, um Helene zu besänftigen, nahm er eines der beiden Kinder immer öfter mit zu seinen Proben, zu seinem Theater. Sie sollten wissen, was der Vater tat.

Und jetzt schien es so, als sei das alles bald nicht mehr möglich. Eine freie, unabhängige Theatergruppe in ihrem Dorf könnte es bald nicht mehr geben, weil es nur noch eine Meinung geben sollte, nämlich die der Partei. Zwei oder drei seiner Schauspieler waren schon zu ihm gekommen, hatten herumgedruckst, dass sie aussteigen wollten, sie hätten eh kein Talent oder ein weiteres Kind sei unterwegs, sie müssten sich um die Familie kümmern. Jakob hatte verstanden, um was es ihnen wirklich ging.

Deswegen war er jetzt ungeduldig und nervös. So viel Arbeit hatte er schon in sein Stück gesteckt, das sollte nicht alles umsonst sein, das musste auf die Bühne. Das kleine Theaterstück war unverfänglich. Es ging um Ritter und Grafen, Knechte und Räuber, die sich wie Robin Hood aufführten. Und da ging es natürlich um Spitzbübereien, Verwechslungen und tragische und glückliche Liebe. Humorvoll war es und lustig war es. Doch man konnte trotzdem nicht wissen, was die Ortsfunktionäre der NSDAP davon hielten.

Würden sie das Stück und seine Aufführung sogar verbieten?

Deswegen eilte es jetzt und die Auftritte waren vorgezogen. Wenn Jakob das noch schaffte, konnte er danach sehen, wie alles weiterging, was Hitler und die NSDAP eigentlich vorhatten mit ihrem Land. Die Schauspieler spürten den Druck, fühlten sich selbst unsicher. Was, wenn irgendeinem NSDAP-Mann das alles nicht gefiel? Einige hätten am liebsten sofort allem den Rücken gekehrt. Jakob hielt seine Laientruppe beisammen, redete und überzeugte. Noch knapp zwei Wochen bis zur Premiere. Sie mussten es hinkriegen.

Theatermann

Margarete war aufgeregt. Der Vater hatte sie am frühen Nachmittag an der Hand genommen und ihr erklärt, wohin sie gingen. Von einer Scheune hatte er geredet und dass er dort Wichtiges zu erledigen habe und sie dabei sein dürfe. Sie müsse ruhig sein und dürfe nicht stören, aber sie dürfe zuschauen bei einer fantastischen Geschichte. Margarete hoffte, dass sie ruhig sein konnte, so seltsam wie der Vater sich benahm. Der Mutter war es recht gewesen, dass ihr Mann sich an diesem Samstagnachmittag um seine Tochter kümmerte. Heiner war mit seinen Freunden auf dem Sportplatz und so hatte sie endlich Zeit für sich.

Auf dem Weg zur Scheune fragte der Vater Margarete aus. Ob sie wisse, was Ritter seien und Könige und Grafen, ob der Lehrer in der Schule Geschichten erzähle über Menschen aus der Vergangenheit? Margarete kannte solche

Geschichten. Wie gespannt hatte sie doch immer zugehört, wenn der Lehrer von den Nibelungen berichtete. Vater war zufrieden mit der Auskunft und er erklärte Margarete, dass er sie zu einem Theaterspiel mitnehme, bei dem es um Menschen aus der Vergangenheit ginge. Ob sie wisse, was ein Theaterspiel sei?

Margarete kannte das Theaterspiel aus der Schule. Wenn die erste Klasse in die Schule kam, führten die Schüler der dritten und vierten Klassen den kleinen Schulanfängern ein Stück vor. Die Theaterkinder hatten Kostüme an, sagten Texte auf, die sie auswendig gelernt hatten. Im nächsten Schuljahr dürfe ihre Klasse mitspielen, hatte ihnen der Lehrer versprochen.

Margarete war stolz, dass sie das alles wusste, und ihr gefiel es, dass Vater ihr Wichtiges anvertraute und sie sogar zu einem Theaterspiel mitgenommen hatte. Ich bin der Spielleiter, der Regisseur hatte der Vater noch stolz erwähnt, bevor sie in die düstere Scheune eintraten. Dort waren schon andere Menschen. Jugendliche, die sie teilweise von der Schule kannte. Die Erwachsenen waren aus dem Ort, Margarete hatte die meisten schon gesehen, wusste aber nicht ihre Namen.

Alle waren bereits kostümiert und liefen irgendwelche Sätze murmelnd durch die Scheune.

Vater dirigierte Margarete zu einem Stuhl mit Armlehne, der an einem Ende der Scheune stand. An der Wand hingen gemalte Kulissen und altes Mobiliar stand auf der Tenne scheinbar wahllos herum. Vater setzte sich in den Armlehnenstuhl und wies Margarete an, es sich auf einem zweiten, kleineren Stuhl bequem zu machen. Er legt einen Finger auf seine Lippen, um ihr zu zeigen, dass sie jetzt still sein müsse.

Vater klatschte laut in die Hände und rief: Wir fangen an, wir beginnen unsere Generalprobe, bitte Licht an und bereit machen für die erste Szene.

Tatsächlich gingen mehrere Lampen an und beleuchteten eine Fläche in der Scheune, die wohl die Bühne sein sollte. Der Vater hatte einen Stapel Papiere auf dem Schoß, auf denen mit Schreibmaschine geschriebene Sätze standen. Manche Wörter waren unterstrichen oder am Rand war noch ein handschriftlicher Vermerk. Vater studierte die Texte und gab dann mit einer Handbewegung das Zeichen, dass das Spiel beginnen könne.

Kostümierte Menschen traten auf, redeten, laut, dann wieder leise, manchmal wütend. Sie lachten, sie taten so, als weinten sie und sie verschwanden wieder hinter den Kulissen. Neue Figuren traten auf die Bühne und das Spiel ging immer weiter. Der Vater kontrollierte den Text, runzelte die Stirn und beobachtete die Szenerie sehr genau. Er machte sich nebenher Notizen.

Margarete verstand nur teilweise, was da gesprochen und erzählt wurde. Doch während sie diesen Menschen auf ihrer Bühne zusah und während sie ihren Vater dabei beobachtete, ihn von der Seite sah, wie er so ernst und aufmerksam das Stück verfolgte, da wurde ihr auf einmal vieles klar. Jetzt verstand sie, was der Vater am Abend am großen Wohnzimmertisch tat, wenn er dünne Heftchen oder maschinengeschriebene Seiten las, wenn er mit seinem Stift Wörter durchstrich oder Notizen an den Rand schrieb.

Ihr Vater war der Theatermensch, dachte sie jetzt. Und was die Jungs auf der Straße ihr hinterherriefen, ergab plötzlich einen Sinn. Der Vater war womöglich ein Dichter. Was war eigentlich ein Dichter? So ganz genau wusste es Margarete noch nicht. Doch sie hatte erleben können, was ihren Vater umtrieb, wenn er abends am Tisch saß oder noch aus dem Haus ging.

Margarete hätte am liebsten ihren Vater sofort gefragt, doch das ging jetzt nicht. Vater beobachtete immer noch angestrengt das Spiel auf der Bühne. Er hatte jetzt sicher keine Zeit für sie und ihre vielen Fragen. Sie musste bis später warten.

Das Stück war zu Ende. Margarete durfte aufstehen und ihr Vater murmelte ihr zu, sie könne im Hof vor der Scheune auf ihn warten. Er müsse noch mit den Schauspielern reden.

Margarete stand im Hof und war geduldig. Ein großer Junge, den sie irgendwo schon einmal gesehen hatte, sprach sie an, ob sie die Tochter sei und er zeigte dabei auf Vater, der etwas entfernt mit einem Schauspieler im Gespräch vertieft war. Margarete nickte. Dann bist du die Tochter des Dichters, sagte der Junge lächelnd und gar nicht so, als wolle er sich über sie lustig machen. Margarete nickte noch einmal zustimmend und merkte, dass sie rot im Gesicht wurde.

Sie ging mit Vater nach Hause. Sie unterhielten sich über das Stück. Ob es ihr gefallen habe, hatte der Vater gefragt. In der nächsten Woche sei

die Premiere, meinte er, in der Turnhalle des
Sportvereins und wenn die Mutter es erlaube,
dann dürfe sie mit zur Theateraufführung ihres
Vaters. Margarete war stolz an diesem Tag, ihr Vater war etwas Besonderes und die Dichtergöre der
Straßenjungen empfand sie in diesem Moment
als Auszeichnung.

Allein in der Stube

In der Lederfabrik Heyl liefen sie jetzt auch schon mit Hakenkreuzbinden am Arm herum und machten sich wichtig. Sie wären jetzt eine Betriebsgemeinschaft, so tönten sie stolz, und jeden sprachen sie als Volksgenossen an, ob er wollte oder nicht. Jakob staunte über die Geschwindigkeit, mit der die Partei, die jetzt die Macht übernommen hatte, sich in allen Bereichen ihres Lebens durchsetzte. Seine Kollegen, von denen er wusste, dass sie sich bisher für die Gewerkschaft stark gemacht hatten, waren plötzlich still geworden, wenn sie nicht sogar selbst zu denen gehörten, die jetzt eine Armbinde trugen. Die Kommunisten mit ihren roten Fahnen gab es nicht mehr. Sie fehlten von heute auf morgen. Die Gerüchte machten nur leise die Runde, von Entlassungen war die Rede, von Verhaftungen und von einem Arbeitslager in Dachau.

Jakob war im Mai noch glücklich gewesen, nicht übermäßig glücklich, doch erleichtert, dass er sein kleines Ritter- und Rabaukenstück in der Turnhalle hatte aufführen können. Die Halle war nicht so voll gewesen wie in den letzten Jahren und der Applaus verhalten. Die Zuschauer trauten sich schon nicht mehr, sich zu freuen und aus vollem Herzen zu lachen. Viele waren wie gelähmt. Nach der letzten der vier Aufführungen kam Heinz zu ihm, der war jetzt ein Parteigenosse in der Wormser Ortsgruppe der NSDAP. Das wird im nächsten Jahr nicht mehr so über die Bühne gehen, raunte er ihm zu, das wird dann der Ortsgruppenleiter entscheiden, was und ob überhaupt gespielt wird, da wirst du um Erlaubnis fragen müssen. Am besten, du kommst zu uns in die Partei, dann wird es einfacher gehen, meinte Heinz und klopfte ihm auf die Schulter.

So weit dachte Jakob schon gar nicht mehr. Nach der letzten Probe für das Stück hatten sich schon acht seiner Schauspieler von ihm verabschiedet. Das war über die Hälfte seiner Truppe. Er wusste, dass es jedes Jahr Wechsel gab, einige gingen, ein paar Neue und Neugierige kamen dazu. Doch Jakob spürte, dass es diesmal anders sein würde. Sie hatten Angst, seine Schauspieler, Angst vor dem, was die Parteigenossen im Ort sagen könnten, Angst vor den Nachteilen, die sie vielleicht ertragen müssten, wenn sie weiter in Jakobs Theater mitspielten. Jakob ahnte, dass die Zeit für diese Art von Kultur im Dorf abgelaufen war. Eine andere Zeit war angebrochen.

Und Heinz hatte ihm noch eine Botschaft mitgegeben, die Jakob unbedingt ernst nehmen sollte. Überleg dir gut, über was die Leute beim nächsten Fasching lachen sollen. Bleib bei deinen kleinen, privaten Geschichtchen, die Politik und unsere Parteiführer sind nicht lustig, schreib es dir hinter die Ohren, meinte Heinz, sonst bist du ganz schnell weg vom Fenster. Der Metzger und der Bäcker, die Oma und der Opa oder vielleicht ein paar amüsante Judenwitze, das müsste doch reichen für unsere nächste Prunksitzung in der Halle.

Jakob hatte verstanden, woher und wohin der Wind wehte, er hatte verstanden, wer jetzt Regie führte im Land und dabei keinen Widerspruch duldete. Sie hatten ihm ernsthaft geraten in die Partei einzutreten, nur so könnte er weitermachen im neuen Reich. Heiner, der sich größer fühlte, als er war, hatte ihn schon mehr als einmal bedrängt, dass er bei seinen Freunden mitmachen wolle. Er wolle auch das braune Hemd, das schwarze Halstuch und die rote Armbinde. Sie würden Sport machen und trainieren und kämpfen und alle aus seiner Klasse wären dabei. Margarete war dabeigestanden und hatte den Vater mit großen Augen angeschaut.

Jakob hatte seinen Jungen immer wieder vertröstet, doch ihm war längst klar, dass er seine Zustimmung nicht mehr lange hinauszögern konnte. Margarete war zurückhaltender, schon vernünftiger, doch auch sie würde irgendwann zu ihm kommen und von ihren Freundinnen schwärmen, die alle bei der Jungmädelschar dabei waren. Er würde seine Kinder nicht von ihren Freunden und Freundinnen isolieren können. Helene sah es ähnlich wie er.

Jakob selbst drückte sich weiter vor einer Parteimitgliedschaft. Sein Kopf, seine Ohnmachtsanfälle, seine Krankheit, das alles schob er als wichtige Hinderungsgründe vor einem Eintritt in die NSDAP ins Feld, wenn ihn ein Parteigenosse ansprach. Sie wussten von seinen Leiden, das war im Ort kein Geheimnis mehr, und bis heute ließen sie ihm das immer wieder als Entschuldigung durchgehen.

Jetzt saß er am Abend an seinem großen Wohnzimmertisch und wusste nichts mit sich anzufangen. Die Theatergruppe hatte sich, nachdem so viele ausgestiegen waren, von selbst aufgelöst, auch wenn zwei oder drei seiner Schauspieler gerne weitergemacht hätten. Wozu hätte er also ins Antiquariat oder in die Stadtbibliothek in Worms gehen sollen, um nach aufführbaren Stücken zu suchen? Sich billige Witze über den Bäcker oder den Metzger auszudenken, war ihm zu wenig. Und es konnte doch niemand ernsthaft davon ausgehen, dass er einen ganzen Abend lang einen Judenwitz nach dem anderen von sich gab. Was wäre daran noch witzig?

Jakob las jetzt seiner Tochter am Abend aus Märchenbüchern vor und als er die alle durchhatte, suchte er andere Geschichten, Sagen und Reiseabenteuer, die seiner Tochter gefallen könnten. Margarete genoss es, dass sie sich am Abend nicht mehr selbst beschäftigen musste. Es war schön für sie und spannend, dem Vater zuzuhören.

Manchmal aber, wenn es Jakob dann nicht mehr aushielt, griff er doch zum Stift, dann schrieb er kleine Gedichte, über das, was er erlebt hatte und was ihn beschäftigte. Manchmal, wenn er sich sehr traurig fühlte und keine Zukunft vor sich sah, dann versuchte er sich an Liebesgedichten, dachte dabei immer an Helene, und wenn er abends ins Bett ging, legte er das Blatt mit seinen Versen auf ihren Nachttisch. Helene hatte am nächsten Tag ein wissendes Lächeln im Gesicht und einen Kuss für ihn übrig. Das versöhnte ihn mit der Welt.

Er schrieb auch kurze Geschichten auf, in denen Menschen etwas passierte, das sie veränderte und zu besseren Menschen machte. Er legte spät am Abend, wenn alle bereits schliefen, die Texte sorgfältig in seine Schublade. Doch Jakob wusste nicht, ob diese Geschichten und Gedichte jemals von einem Menschen gelesen werden würden.

Lärm

Margarete hatte jetzt immer öfter das Gefühl, sie müsse sich die Ohren zu halten. War das ihre Einbildung oder stimmte es wirklich, dass der Lehrer morgens in der Klasse so laut brüllte, dass es einem fast wehtat? Auf der Straße waren die Aufmärsche der Braunhemden jetzt nicht mehr die Ausnahme, sondern die Regel. Oft zogen sie stampfend und mit Paukengetöse durch den Ort und schrien den am Straßenrand stehenden Zuschauern ihre Parolen ins Gesicht. Den Menschen schien das zu gefallen. Sie reckten ihre Arme in die Luft und jubelten mit genauso lautem Gegröle zurück.

Wenn sie ihre Freundinnen darauf ansprach, wie viel sich in diesem Jahr schon verändert habe, schauten sie Margarete nur mit großen Augen an und wunderten sich, warum sie so wenig von all dem kapierte. Das ist die neue Zeit, riefen sie, komm in unsere Mädelschar, dann wirst du das verstehen.

So laut es in der Schule und auf der Straße zuging, so still wurde es zu Hause. Ihr Vater hatte sich verändert. Er war jetzt immer öfter krank und verzog sich ins Schlafzimmer. Keiner durfte ihn stören. Noch gar nicht so lange her, da war sie mit ihm in der Turnhalle und durfte zusehen, wie Ritter und Grafen und Spitzbuben mit ihrem Spiel die Leute zum Lachen, zum Weinen und am Schluss zum Applaudieren verführten. Das alles hatte ihr Vater gemacht, der am Ende auf der Bühne stand, sich verbeugte und sich stolz beim Publikum bedankte.

Jetzt schien alles anders. Es gibt keine Proben mehr, es gibt kein neues Stück, hatte der Vater geantwortet, als Margarete gefragt hatte, ob sie wieder mit dürfe in die Scheune zu den Schauspielern. Ich könnte die Texte vorsagen, wenn ein Schauspieler nicht weiterweiß, hatte sie ihrem Vater, dem Regisseur, vorgeschlagen, ich kann jetzt sehr gut lesen. Sie fand es schade, dass es nicht weiterging mit dem Theater.

Wenn Margarete am Abend im Wohnzimmer saß, auf ihrem Kissen in der Ecke, und in

ihrem Buch las, schielte sie zu Vater am großen
Tisch. Er hatte Papiere vor sich, fast so wie früher,
doch sie sah deutlich, dass er nur lustlos und mit
Sorgenfalten auf der Stirn irgend etwas kritzelte,
radierte, durchstrich und ein neues Wort suchte.
Es schien ihm alles keinen Spaß mehr zu machen.
Oft raffte er die Papiere einfach lieblos zusammen und verstaute sie in seiner Schublade. Er zog
ein Buch aus dem Regal, schlug es irgendwo auf,
setzte sich zu Margarete auf den Boden und las
ihr vor. Das war schön, so empfand es Margarete,
andererseits aber auch irgendwie traurig. Sie
nahm es hin und fragte nicht weiter.

Je stiller es am Tag im Haus war, umso so lauter wurde es in der Nacht. Diese fürchterlichen
Nächte häuften sich, wenn die Schreie des Vaters
das ganze Haus einhüllten. Er war im Schlafzimmer gegenüber dem Flur. Die Mutter war bei ihm,
rannte die Treppe runter und wieder rauf, holte
nasse Tücher und Wasser und versuchte ihren
Mann zu beruhigen. Manchmal wusste auch sie
nicht weiter. Sie lief auf die Straße, klingelte den
Arzt aus dem Bett, der dann müde ins Haus kam
und laut die Treppen hochstieg. Er schloss die
Schlafzimmertür hinter sich.

Margarete wusste nicht, was er da tat. Vielleicht gab er dem Vater Tabletten oder er spritzte ihm eine starke Medizin. Nach einer Weile konnte der Vater schlafen. Sie schaute zu Heiner hinüber. Der hatte seine Hände noch immer fest an den Ohren und schaute sie ängstlich an. Ihr kleiner Bruder Heiner, wovor hatte er Angst in diesen lauten Nächten?

Margarete zählte sie nicht mehr. Manchmal war es so schlimm, dass der Vater ins Krankenhaus musste, für mehrere Tage oder sogar für eine Woche oder noch länger. Sie konnten dann schlafen, sie und Heiner und die Mutter, doch die Sorgen um den Vater beunruhigten sie mindestens genauso wie seine Schreie.

Die Mutter ließ es sich nicht anmerken, es wird bestimmt besser, tröstete sie an jedem Morgen ihre Kinder. Margarete hörte das leise Zittern in ihrer Stimme und sie sah ihre Traurigkeit, wenn sie mit ihnen sprach und dabei ihr Gesicht von ihnen abwendete. Margarete ahnte, wie es ihr wirklich ging.

Heiner hatte für sich einen Ausweg gefunden, um diesen Sorgen und der Traurigkeit im Haus zu entkommen. Zwei Mal in der Woche schlüpfte er in seine neue Uniform. Das braune Hemd mit dem schwarzen Halstuch, die rote Armbinde dazu und der Ledergürtel mit der silbernen Schnalle, Heiner war sichtlich stolz, dass er das tragen durfte. Fußball mit den Freunden war jetzt nicht mehr so wichtig für ihn, die Treffen und die wichtigen Arbeitseinsätze im Ort, die zählten jetzt. Margarete kam ihr Bruder richtig erwachsen vor, obwohl er gerade erst acht geworden war. Nachdem er Vater und Mutter wochenlang bedrängt hatte, hatten die doch schließlich nachgegeben. So viele seiner Freunde waren schon dabei, sie konnten ihren Sohn nicht zu Haus einsperren. Zwei Nachmittage in der Woche, das erlaubten sie, und Vater bestand darauf, dass Heiner die Uniform der Hitler-Jugend zu Hause auszog, das war seine Bedingung. Heiner tat das ohnehin, weil er nicht wollte, dass diese neuen und wertvollen Kleider schmutzig wurden.

Margarete war neugierig geworden. Was Katharine und Liese auf dem Schulweg von ihrer Mädelschar erzählten, hörte sich spannend an. In ihrer Gruppe sangen sie miteinander, machten Sport und Ausflüge und, da hörte Margarete besonders aufmerksam zu, sie gingen ins Theater nach Worms und schauten sich Puppenspiele an. Ihr hatte es sehr gefallen, was sie bei Vaters Aufführungen gesehen hatte. Erst vor zwei Wochen hatte Liese voller Stolz berichtet, wie sie bei einem Aufmarsch in Worms dabei sein durften. Viele in ihrem Alter hätten da mitgemacht, alle in ihren gleichfarbigen Röcken und Blusen. Durch die Straßen der Stadt seien sie marschiert, mit Transparenten und laut gesungenen Liedern. Die Jungen am Straßenrand hätten zugeschaut.

Margarete sprach mit ihrer Mutter, zum Vater traute sie sich erst einmal nicht, ob sie nicht auch mit Liese und Katharine in die Gruppenstunde dürfe. Sie sei bald zehn und Heiner mache ja auch schon mit. Die Mutter wollte es mit dem Vater besprechen. Gerade ginge es ihm nicht so gut, sie solle sich gedulden. Margarete versprach es, doch sie wäre schon morgen gern mit ihren Freundinnen zum Treffen der Mädelschar gegangen. Sie musste warten.

Im Schatten

Jakob verließ jetzt nicht mehr oft das Haus. Manchmal ging er noch zum Sportplatz, wenn sein Sohn Fußball spielte gegen Vereine aus der Umgebung. Der Trainer hielt große Stücke auf Heiner. Jakob bewegte sich nicht gerne auf der Straße, weil er sich dabei nicht mehr wohlfühlte. Selbst wenn die Schmerzen in seinem Kopf an dem einen oder anderen Tag erträglich waren, er manchmal sogar gar nichts davon spürte, so musste er doch jederzeit damit rechnen, dass ihn ein Ohnmachtsanfall heimsuchte. Das konnte an jedem Ort passieren, auch auf der Straße, oder bei der Arbeit in der Fabrik. Die Kollegen brachten ihn dann in die Krankenstation und wenn es besonders schlimm war, riefen sie den Rettungswagen und er wurde ins Krankenhaus gebracht, wo ihm auch keiner weiterhelfen konnte. Alle kannten den Hellmann Jakob, wussten von seinem Unfall und von seiner Schädelverletzung.

Die Anfälle kamen jetzt häufiger und sie wurden heftiger. Es passierte ihm, dass er im Bett lag und sich nicht mehr bewegen konnte, er war gelähmt und manchmal sogar auf einem Auge blind. Und das war das Schlimmste: Zu merken, dass die Selbstständigkeit von einer Sekunde zur nächsten verlorenging, einfach nicht mehr vorhanden war und man dalag, wie ein hilfloses Kind, noch ärger, wie ein lebender Toter.

Seinen Kindern zuliebe hielt er durch. Heiner tat schon groß, er zeigte sich zumindest so, als könne ihn die Krankheit des Vaters nicht mehr beeindrucken. Jakob wusste, dass das nicht stimmte, dass Heiner tief in seinem Innern litt und um den Vater trauerte. Margarete hatte zu Beginn der Krankentage zu Hause noch oft geweint. Doch Helene hatte das Mädchen zurechtgewiesen, sie solle tapfer sein und dem Vater keine Sorgen bereiten, sie sei die große Tochter und für Heiner ein Vorbild. Und jetzt hielt sie die Tränen zurück und verschloss sich immer mehr.

Und Helene selbst? Sie musste so viel aushalten und war doch selbst so verletzlich. Vor ein paar Tagen hatte sie ihm mitgeteilt, dass sie sich Sorgen mache, ihre Regel sei ausgeblieben, sie könnte schwanger sein. Noch ein drittes Kind, jetzt in dieser Zeit, in seiner und ihrer Situation, das waren auch für ihn überraschende Nachrichten.

Doch Jakob ging nicht nur aus diesen Gründen nicht mehr vor die Tür. Die Welt da draußen schien ihm nicht mehr echt. Alles kam ihm vor wie ein Schmierentheater. Seit bald drei Jahren war Hitler an der Macht und alle taten so, als sei die Welt seitdem in bester Ordnung. Alle hätten Arbeit, es gebe keinen Streit mehr auf der Straße, keine Schlägereien zwischen den verschiedenen Parteianhängern. Der Wirtschaft ginge es gut und das Ausland hätte wieder Respekt vor Deutschland.

Und doch, wenn Jakob mit den Leuten im Dorf redete, mit den wenigen, die überhaupt noch zu einem Gespräch bereit waren, da spürte er ihre Angst davor, sie könnten etwas Falsches sagen. Das hörte sich alles so gleich an, wie auswendig gelernt und ohne innere Überzeugung gesprochen. Jakob glaubte seinen Nachbarn nicht mehr.

Ihn hatten sie in Ruhe gelassen. Zu offensichtlich waren seine Gründe, warum er nicht in die Partei eintrat, warum er keine wichtigen

Aufgaben übernehmen wollte. Sie hatten ihm angeboten, er könne seine Theatergruppe weiterführen, wenn er sich die richtigen Stücke genehmigen lassen würde, wenn er zukünftig deutsches und patriotisches Theater spielen würde. Jakob hatte abgelehnt, er sei krank und Schauspieler würde er keine mehr finden hier im Ort.

Bei allem Rummel und Getöse, bei all den Aufmärschen mit braunen und gebügelten Uniformen, Jakob erkannte darin nur die zur Schau getragene Oberfläche einer Regierung, die befohlen hatte, dass alles in bester Ordnung sei. Wer diese Meinung nicht teilte, stand schnell im Abseits, oder noch schlimmer.

Jakob sah es in der Fabrik bei Heyl. Von heute auf morgen waren Kollegen nicht mehr in der Halle und alle ahnten, was mit denen in Dachau passierte. Das waren Kollegen, die gehörten einmal zur Gewerkschaft, zur SPD oder zur KPD, jetzt gab es sie nicht mehr. Keiner wollte darüber reden. Die Büros hatten sich geleert. Wer Jude war oder jüdischer Abstammung, durfte im Unternehmen Heyl nicht mehr arbeiten. Da war der Betrieb rigoros vorgegangen. Diese

Angestellten mussten jetzt sehen, wie sie ihren Lebensunterhalt verdienten.

Eine Faschingssaison hatte Jakob noch mitgemacht, hatte am Rednerpult gestanden und mehr oder weniger harmlose Witze über die üblichen Verdächtigen im Ort gemacht. Das wurde akzeptiert und die Zuschauer taten so, als fänden sie es lustig und hatten brav applaudiert. Danach hatte sich Jakob beim Faschingskomitee abgemeldet. Sie konnten ihn nicht überreden, weiterzumachen, auch sie mussten seine Krankheitsgründe anerkennen. Jakob war jetzt raus aus dieser Nummer. Und auch wenn es ihm fehlte, aus kleinen Geschichten große Scherze zu schreiben, so war er doch froh, dass er sich nicht mehr zu verstellen brauchte.

So wie Jakob jetzt allein im Schatten stand unter den Bäumen am Sportplatz, so empfand er seine ganze Situation. Er war nicht mehr wichtig genug, dass man ihn wahrnahm und er war zufrieden damit, dass sie ihn in Ruhe ließen.

Entbehrungen

Margarete fragte sich schon lange, warum die Freude sie verlassen hatte. Nicht von heute auf morgen, still und heimlich hatte sich die Freude davongeschlichen. Die Tage, auf die sie sich schon im Voraus freute, waren weniger geworden, und die Tage, an denen sie laut lachte und sich glücklich fühlte, immer seltener.

Margarete war jetzt schon weit über zehn Jahre alt. In einem stillen Moment am Abend in ihrem Bett dachte sie darüber nach, wann diese Freudentage verschwunden waren, wann hatte sie diesen Verlust das erste Mal bemerkt? Gab es einen Grund, einen besonderen Anlass für ihre zunehmende Verstimmtheit, für ihre Traurigkeit?

Sie waren nicht mehr losgewandert oder hatten die Fahrräder aus dem Schuppen geholt, um über die Hügel in die Pfalz zu fahren, sie, als Familie, Vater, Mutter und die beiden Kinder, vielleicht sogar noch Onkel und Tante dabei. Wann war eigentlich der letzte schöne Ausflug gewesen?

Ja, die Mutter hatte immer wieder erklären müssen, dass es dem Vater nicht gut ging, dass er Kopfschmerzen hatte oder im Bett bleiben musste.

Ihre stillen Leseabende im Wohnzimmer in der Ecke auf ihrem Kissen waren langweilig geworden. Sie war jetzt meist allein in der guten Stube, der Vater schon im Bett und die Mutter in der Küche. Sie vermisste es, den Vater am großen Tisch sitzen zu sehen, wie er selbst las, auf seine Papiere kritzelte und schrieb. Er hatte immer wieder zu ihr hinübergeschaut und ihr seine neusten Einfälle erzählt. Wenn der Vater sich noch einmal an den dunklen Holztisch setzte, dann tat er es lustlos, ungeduldig und er steckte seine Papiere schon nach kurzer Zeit wieder in seine Schublade zurück.

Wenn Margarete weiter darüber nachdachte, wie sich die Zeit verändert hatte, dann fielen ihr auch ihre Freundinnen ein. Liese und Katharine trafen sich weiterhin mit ihr auf dem Weg zur Schule. Doch sie redeten über Dinge, von denen Margarete keine Ahnung hatte. Sie sprachen über ihre Mädelschar, was sie in ihren Gruppenstunden alles veranstalteten und wann sie wieder in Worms bei einer Parade mitmarschieren durften. Margarete war für die beiden nicht mehr interessant, weil sie bisher nur ein- oder zweimal mitgekommen war in die Mädelschar im Ort.

Und überhaupt, so dachte Margarete an diesem Abend in ihrem Bett, die Leute im Ort waren stiller geworden, misstrauischer. Selbst der Lieblingsonkel Philipp und die Tante Babett kamen nicht mehr oft zu Besuch, scherzten nicht mehr mit ihr und die Verabredungen zu gemeinsamen Ausflügen blieben aus.

Der Lehrer in der Schule forderte sie regelrecht dazu auf, misstrauisch zu sein. Schon mehrfach hatte er seine Schüler angewiesen, zu melden, wenn ihnen Verdächtiges auffiele. Über den Führer und die Partei dürfe sich keiner lustig machen oder sie gar kritisieren, das sei verboten. Wer nicht ordentlich grüße oder Anweisungen missachte, der sei schon ein Verdächtiger. Und wer zu Hause einen Volksempfänger besaß, sollte wissen, dass man damit nur den Deutschlandsender zu hören hatte und sonst nichts anderes. Margarete hatte nach diesen Ansagen des Lehrers gerätselt, ob jetzt Kinder ihre eigenen Eltern melden mussten, wenn die vielleicht einen Feindsender eingestellt hatten.

Und auch darüber dachte Margarete nach an diesem Abend in ihrem Bett: Sollte sie sich jetzt etwa freuen, wenn ihre Mutter noch einmal ein Baby bekam? Ihr Bauch war sichtbar dicker geworden und die Mutter kam irgendwann nicht umhin, Heiner und ihr zu erklären, dass sie beide mit noch einem Geschwister zu rechnen hatten. Die Mutter hatte es eher beiläufig gesagt, außer der Freude auf ein neues Leben hörte Margarete auch die Sorgen der Mutter über den Zeitpunkt ihrer Schwangerschaft.

Würde ein Baby die Eltern glücklicher machen, die Eltern wieder aufheitern und an anderes als nur Krankheit und Politik denken lassen? Würde ein Baby die Familie wieder zusammenschweißen?

Ein kleines, hilfloses Kind war eine neue Herausforderung, das wusste Margarete. Sie wusste auch, dass so ein niedliches Baby den Erwachsenen ein Lächeln ins Gesicht zaubern konnte.

Mit diesen Gedanken tröstete sich Margarete. Es wäre schön, wenn sich der Missmut und das

Unbehagen, die sich in ihre Gedanken eingeschlichen hatten, wie von Zauberhand beseitigen ließen. Mit diesen Gedanken verabschiedete sich Margarete von ihrem Alltag in ihre Träume und schlief endlich ein.

Kleiner Mensch

Jeder, der wollte, konnte die Schreie hören im kleinen Haus der Hellmanns. Doch es waren andere Schreie, als man sie sonst hatte vernehmen können, die Schreie, die die Nachbarn schon kannten. Es waren nicht Jakobs Schmerzensschreie, jetzt schrie ein kleiner Mensch, weil er Hunger hatte, der Bauch gebläht war, die Zähne drückten oder er einfach nur die Umarmung und die Wärme der Mutter suchte.

Der kleine Mensch war schon gar nicht mehr so klein, wie als er auf die Welt gekommen war. Er hatte jetzt schon fast zehn Monate lang ordentlich zugelegt. Jakob war noch einmal Vater geworden, jetzt hatte er drei Kinder. Natürlich hatte er sich gefreut, als dieser neue, kleine Mensch endlich da war. Selbstverständlich hatte er das Kind ohne Ängstlichkeit in die Arme genommen und gewickelt und gefüttert. Doch fühlte er schon zu Beginn dieses neuen Erdendaseins des kleinen Hans, so hatten sie ihn getauft, dass es schwierig werden könnte für ihn. Jakob hatte schon bei den Großen merken müssen, wie sie sich zurückgezogen hatten in ihre Schneckenhäuser aus Furcht vor seiner Krankheit. Wie sollten er und Helene jetzt zurechtkommen mit diesem kleinen Menschen in ihrer und vor allem in Jakobs Situation?

Das Schlimme war ja, dass es keine Hoffnung gab. Jakob konnte die Ärzte nicht mehr zählen, die er gefragt hatte, was man vielleicht noch tun könne mit seinem Kopf. Alle wichen sie aus, redeten im Medizinerlatein, blieben unkonkret und unverbindlich und konnten Jakob letzten Endes keine Auskunft geben, wie es für ihn weitergehen könnte. Eine risikoreiche Kopfoperation in Gießen hatte Jakob für sich selbst ausgeschlossen.

Helene war glücklich, zumindest für den Moment, das sah Jakob. Welche Mutter wäre nicht glücklich über ihr neugeborenes Kind? Jakob sah aber auch, wie schwer sie sich tat, sich auch noch um Heiner zu kümmern, der sich schon groß fühlte, schweigsam blieb und der kaum noch mit sich reden ließ. Margarete war gerade elf geworden, war immer noch so zart und zerbrechlich und tat so, als könne sie nichts aus der Bahn werfen. Jakob ahnte, dass es anders um sie stand. Wie sollten sie beide als Eltern das alles schaffen, vor allem dann, wenn er immer öfter ausfiel, sogar versorgt werden musste, weil er eingeschränkt war und seiner Frau nicht helfen konnte?

Das waren die Tatsachen, die Jakob hinnehmen musste: Er war krank, es half kein Arzt und keine Medizin, die Krankheit wurde schlimmer und er musste mit allem rechnen. Es war schwer für ihn, sich diesen Gedanken zu stellen. Helene würde irgendwann ohne ihn zurechtkommen müssen.

In der Lederfabrik war Jakob schon lange nur noch geduldet. Auch so viele Jahren nach seinem Unfall traute sich die Betriebsleitung nicht, ihn auf die Straße zu setzen. Sie hätten Gründe genug, denn er versäumte immer öfter seine Schichten, musste zu Hause bleiben und wenn er dann doch zur Arbeit kam, war er nicht mehr effektiv und belastbar. Doch die Stimmung bei Heyl war eh schon schlechter geworden. In den letzten Jahren waren die Aufträge eingebrochen und die nationalsozialistische Betriebsführung hatte nicht den richtigen Ton getroffen bei ihren Arbeitern und Angestellten. Immer wieder musste sie wegen Arbeitsbummelei in der Fabrik eingreifen und disziplinieren.

Auch das Leben außerhalb der Fabrik war längst nicht mehr so glänzend, wie es Hitler ihnen zu Beginn seiner Regierung versprochen hatte. Plötzlich begegneten Jakob in seinem Ort und auch in der Stadt Menschen, die sich duckten, auf die andere Straßenseite auswichen, den Blick stur auf den Boden gerichtet. Es waren die Menschen mit dem gelben Judenstern am Revers ihres Mantels. Er kannte noch viele von ihnen. Einige waren Angestellte in der Lederfabrik gewesen, andere hatten einen Tabakladen betrieben oder Anzüge und Hemden im großen Bekleidungsgeschäft in der Kaiserstraße in Worms verkauft. Jetzt vermieden sie jeden Kontakt und grüßten nicht mehr.

Es hatte sich eine merkwürdige Stimmung über Jakobs Heimatdorf und die Stadt gelegt. Die einen hatten Angst und versteckten sich am helllichten Tag, die anderen brüllten und kommandierten. Und immer wieder schlugen sie zu und demolierten Geschäfte. Seit Hitler per Gesetz die Juden zu einer minderwertigen Rasse erklärt hatte, zeigten viele der sogenannten Arier, der

Rassedeutschen, ihre angebliche Überlegenheit. Viele von Jakobs Nachbarn, die es bisher nicht weit gebracht hatten in ihrem Leben, fühlten sich plötzlich als etwas Besseres und liefen in ihren braunen Hemden mit Abzeichen und roten Armbinden durch das Dorf, als wären sie die Größten.

Jakob lavierte sich da durch, vermied Begegnungen, wich aus und merkte gar nicht, dass er immer einsamer wurde. Seinen beiden Großen wollte er nicht ausweichen. Doch auch das war schwierig. Heiner war mit seinen Freunden bei der Hitlerjugend, erzählte stolz von seinen Abenteuern im Wald, von den Schießübungen und von den Paraden in den Straßen von Worms. Wie ehrlich konnte er mit ihm reden?

Margarete, seine Tochter, war zurückhaltender, bedrängte ihn nicht wegen der Erlaubnis für die Mädelschar, so wie es ihr Bruder Heiner ihr mit der Hitlerjugend vorgemacht hatte. Jakob spürte, dass sie ihm zuliebe nicht so fordernd war wie Heiner, weil sie wohl ein Gefühl dafür hatte, was ihr Vater davon hielt. Doch Jakob wusste auch, dass sie darunter litt. Sie vermisste den Kontakt zu ihren Freundinnen, überhaupt den Kontakt zu Gleichaltrigen. Der Lehrer in der Schule hatte Margarete immer wieder dazu aufgefordert, sich doch aktiver in der nationalsozialistischen Jugend zu engagieren. Das hatte ihm Helene eines abends erzählt, wohl um ihn, den Vater, dazu zu bewegen, endlich sein Einverständnis zu geben und Margarete zu ermuntern, in der Mädelschar im Dorf mitzumachen.

Jetzt robbte der kleine Hans durch das Wohnzimmer zum Vater, zog sich am Stuhl hoch und wollte auf den Schoß genommen werden. Bald würde er versuchen, allein zu laufen, bald würden aus seinem Gebrabbel Wörter herauszuhören sein und bald würde er erste, zusammenhängende Sätze sprechen. Jakob lächelte und weinte bei diesen Gedanken. Er lächelte, weil er seinen Sohn heranwachsen sehen konnte und er weinte, weil er den Weg seines Sohnes vielleicht nur ein ganz kurzes Stück mitgehen durfte. So wie er selbst keinen Vater an seiner Seite hatte, würde auch der kleine Hans seinen Vater vermissen müssen.

Abgrund

Der kleine Hans hatte das Leben der Familie Hellmann wieder auf Trab gebracht. Margarete merkte der Mutter und dem Vater an, dass sie etwas aus der Übung waren im Umgang mit einem so kleinen und hilflosen Wesen. Immerhin war es schon eine ganze Weile her, dass sie sich zuletzt um ein Baby kümmern mussten. Die Eltern taten ihr Bestes und waren im Zweifelsfall nachgiebig, wenn ihr kleiner Sohn die Befriedigung seiner Bedürfnisse lauthals einforderte. So sah das Margarete zumindest und dachte für sich, dass sie wohl strenger gewesen wäre mit dem quengelnden Kind.

Jetzt wuselte der Kleine gerade unterm Küchentisch auf Margarete zu. Sie war meist das Ziel ihres kleinen Bruders, wenn ihm langweilig war und er beschäftigt und unterhalten sein wollte. Neben der Mutter war sie diejenige, die den kleinen Hans bereitwillig in die Arme nahm und ihm irgendein spannendes Spielzeug besorgte. Ihr Bruder Heiner stand als junger Bursche über den Dingen und solchen Kindereien. Zum einen war er meist außer Haus, in der Schule oder bei seinen nachmittäglichen Treffen mit seinen Freunden in der Hitlerjugend, zum anderen fühlte er sich schon viel zu erwachsen und als Mann, um sich mit dem wuseligen Säugling noch abzugeben.

Margarete dagegen konnte nicht Nein sagen, wenn der kleine Bruder auf sie zukam und ihre Aufmerksamkeit forderte. Sie wollte den Eltern bei ihren Erziehungsaufgaben helfen. Sie spürte, dass sie nicht nur glücklich waren, dass Sorgen über ihre Situation und ihre Zukunft sie beschäftigten. Margarete wünschte sich sehr, dass die Familie, dass das Leben in ihrem kleinen Haus wieder zu einem Hort von Freude und Zusammengehörigkeit werden sollte. Sie wünschte sich, dass alle in ihrer Familie glücklich wären.

Doch auch Margarete konnte an den Tatsachen nicht vorbeisehen. Der Vater, der immer öfter zuhause bleiben und im Bett liegen musste, der den großen Tisch im Wohnzimmer nur noch selten für seine Schreibarbeiten nutzte. Die Mutter, die zwischen Küche und Schlafzimmer hin und her lief, den Vater mit warmen Tüchern und Tee versorgte, die Kinder zur Ruhe ermahnte und zwischendurch den kleinen Hans wickelte und fütterte. Es waren immer wieder und immer öfter angespannte Situationen im Haus und Margarete wäre es manchmal fast am liebsten gewesen, sie hätte sich genauso wie Heiner einfach verabschieden und den Nachmittag mit Liese und Katharine in der Mädelschar verbringen können. Manchmal hatte Margarete tatsächlich genug von den Sorgen, die sich im kleinen Haus auftürmten wie die Wäscheberge auf dem Küchentisch, die die Mutter noch nicht sortiert und gebügelt hatte.

Die Nächte wurden nicht weniger anstrengend. Der kleine Hans schlief bis jetzt noch bei den Eltern im Schlafzimmer. Wenn der Vater wieder seine Schmerzen im Kopf hatte und schrie, dann schrie auch bald das Baby. Oft packte die Mutter den kleinen in seine Decke und steckte ihn zu Margarete ins Bett. Sie sollte ihren kleinen Bruder beruhigen und ihn wieder zum Schlafen bringen, was bei dem Lärm im Haus nicht ganz einfach war. Am Morgen war sie es dann, die noch müde das Frühstück für sich und Heiner zubereiten musste und unausgeschlafen zur Schule ging.

Eine dieser schlimmen Nächte war die letzte, in der Margarete ihren Vater hören konnte. Der kleine Hans lag schon längst wieder in ihrem Bett. Sie hatte ihn beruhigt und er war eingeschlafen. Die Mutter hatte wieder einmal das Haus verlassen und war mit dem mürrischen Arzt zurückgekehrt, der sich um den vor Schmerzen stöhnenden Vater kümmern sollte. Dann war es ruhig. Kein Stöhnen mehr, kein Schrei des Vaters war noch zu hören, nur noch das Gemurmel des Arztes und der Mutter, knarrende Treppenstufen und Türen die geöffnet und wieder geschlossen wurden.

Margarete wusste schnell, dass diese Nacht anders war als die vielen Nächte zuvor, in denen sie wegen Vater aufgewacht war. Sie lag im Bett, den schlafenden Hans neben sich, und sie brauchte eine ganze Zeit, um sich zu sammeln, um endlich den Mut zusammenzubringen, ihr Bett zu verlassen und hinüber ins Elternschlafzimmer zu gehen. Sie deckte das Baby zu und sah Heiner in seinem Bett, der sie anschaute. Sie sah sofort in seinem Blick, dass er das Gleiche wusste wie sie.

Margarete gab ihrem ängstlichen Bruder ein Zeichen. Sie nahmen sich an der Hand und zusammen gingen sie hinüber zur Mutter. Die Schlafzimmertür der Eltern stand offen. Sie hörten schon von außen das leise Schluchzen der Mutter. Der Vater lag still und mit geschlossenen Augen im Bett. Er sah friedlich aus, er war endlich erlöst von seinen Schmerzen im Kopf. Die Mutter nahm ihre großen Kinder in den Arm und sie saßen zusammen am Bett des Vaters bis zum Morgengrauen, als zwitschernde Vögel sie daran erinnerten, dass es irgendwie weitergehen musste.

Die Woche im kleinen Haus nach dem Tod des Vaters lief ab wie in einem Film, wie man ihn seit neuestem in dem großen Kino der Stadt sehen konnte. Margarete kam es so vor, als wäre sie gar nicht anwesend, als wäre sie nicht beteiligt an diesem Geschehen.

Die Nachbarn kamen, saßen eine Weile mit der Mutter in der Küche, strichen den Kindern mitleidig über den Kopf und gingen wieder. Onkel Philipp und Tante Babett waren da, blieben länger, kümmerten sich um die Mutter und den kleinen Hans und stellten für alle ein Essen auf den Tisch. Der Pfarrer kam und besprach sich leise mit der Mutter, sogar der Lehrer war gekommen und hatte ein paar Sätze mit Margarete und Heiner gewechselt. Zwei Männer in schwarzen Anzügen hatten an die Tür geklopft. In einem Sarg trugen sie den Vater aus dem kleinen Haus, luden ihn in ihren Leichenwagen und fuhren davon. Margarete konnte das alles gar nicht fassen, was an diesem seltsamen Tag passierte.

Vier Tage später stand Margarete mit ihrer Mutter und Heiner auf dem Friedhof. Der kleine Hans lag still im Kinderwagen. Sie stand vor einem Abgrund, vor einem tiefen Loch in der Erde, in das gleich der Sarg mit dem Vater hinabgelassen werden sollte.

Viele der Nachbarn waren anwesend. Margarete erkannte einige der Schauspieler wieder, die sie vom Theaterspiel noch in Erinnerung hatte. Alle waren in Schwarz gekleidet und hatten Blumen in der Hand. Sie verabschiedeten an diesem Tag ihren Dorfdichter und Theatermann. Das alles sollte jetzt ein Ende finden und Margarete hatte am Grab ihres Vaters keine Idee, wie das Leben nun weitergehen sollte.

Kinderfrau

Margaretes Kindheit endete von heute auf morgen. Schon auf dem Friedhof merkte sie, wie die Erwachsenen sie anschauten, ihr fest die Hand drückten und sie behandelten, als wäre sie ihnen ebenbürtig. Wie wenn sie in der Garderobe kurz das Kostüm gewechselt und in einer neuen Rolle die Bühne betreten hätte, so kam sie sich vor, mit einer neuen Ausstrahlung und einem neuen Text.

In den Nächten fühlte sie sich immer noch wie ein Kind. Sie weinte um den Vater. Sie versuchte, das Schluchzen und die Tränen zurückzuhalten, denn sie wollte Heiner nicht wecken, der scheinbar fest schlief. Wie viele Nächte sie wach lag und an wie vielen Morgen sie unausgeschlafen die Treppe zu Küche hinunterstolperte, darüber machte sie sich keine Gedanken. Sie hatte keine Zeit für solche Dinge.

Die Tage entwickelten ihren neuen Rhythmus, dem sie sich allmählich unterordnen musste. Am Morgen wartete die Schule auf sie. Liese und Katharine waren freundlicher mit ihr, wenn sie mit den beiden den gemeinsamen Schulweg ging. Sie erkundigten sich, wie sie sich fühlte und ob sie noch traurig sei. Das tat gut. Genauso der Lehrer, der sie jetzt in Ruhe ließ mit seinen Ermahnungen, sie möge sich doch in der Mädelschar einsetzen. Er kannte die Situation in ihrem kleinen Haus und wusste von ihren Brüdern.

Mittags warteten jetzt neue Aufgaben auf sie. Die Mutter hatte es ihr und Heiner erklärt. Sie hatten weniger Geld, der Verdienst des Vaters blieb jetzt aus. Die Witwen- und Waisenrenten, die die Mutter erhielt, konnten den Fehlbetrag nicht ausgleichen. Ihr kleines Haus war noch nicht abbezahlt. Wenn sie nicht auf der Straße landen wollten, musste die Mutter dazuverdienen. Das war nicht einfach, denn da war ja noch der kleine Hans, gerade mal ein Jahr alt, um den musste sich jemand kümmern.

Am Nachmittag wurde Margarete jetzt zur Kinderfrau. Sie wickelte das Kind, sie fütterte es und sie legte es zum Mittagsschlaf. Dann konnte sie in großer Eile ihre Hausaufgaben für die Schule erledigen. Solange der kleine Hans noch schlief, hieß es Wäsche sortieren, bügeln und zusammenlegen oder den Küchenboden fegen oder in der Stube die Möbel abstauben oder für den Abend das Essen richten. Draußen im Garten musste der Salat gegossen und die Hasen mit Grünfutter versorgt werden. Auch wenn ihr Haus ein kleines Haus war, so gab es genug darin zu tun. Und wenn Margarete gerade noch ein kleines Schulmädchen gewesen war, so war sie jetzt die große Tochter, die junge Frau, die sich um alles kümmerte, auch um den kleinen Hans.

Die Mutter war in dieser Zeit auf dem Feld und half einem Bauern beim Jäten oder Ernten. Im Winter war sie bei Pfeiffer & Diller und verpackte Konserven in Kartons. Heiner trug Zeitungen aus, samstags, und steckte die Groschen, die er nach Hause brachte in Mutters Büchse für das Haushaltsgeld.

Irgendwie kamen sie über die Runden, doch Ausflüge und ein Eis oder Geld für einen Kinobesuch in der Stadt, das waren jetzt Dinge, die man sich nur wünschen konnte.

Am Abend, wenn sie noch nicht völlig erschöpft war, setzte sich Margarete wie früher ins Wohnzimmer, jetzt aber nicht mehr in die Ecke auf ein Kissen, sondern auf den hohen Stuhl, auf dem der Vater immer gesessen hatte. Sie holte Bücher aus dem Schrank, aus denen der Vater ihr vorgelesen hatte, blätterte darin und erkannte die Geschichten wieder. Sie griff zu den dünnen Heftchen, auf denen unter einem Titel und dem Autorennamen meist noch „Schauspiel", „Drama" oder „Komödie" stand. Margarete hätte gern eines dieser Stücke auf der Bühne der Sporthalle in ihrem Ort gesehen.

Irgendwann traute sie sich und öffnete die Schublade mit den vielen hand- und maschinengeschriebenen Papieren. Die Mutter hörte in der Küche die knarrende Schublade und kam in die Stube. Margarete war erschrocken und obwohl es so aussah, als könnte die Mutter gleich zu schimpfen beginnen, blieb sie ruhig, flüsterte nur: Geh' sorgsam damit um, ließ Margarete gewähren und zog sich wieder in die Küche zurück, als wäre nichts passiert.

Margarete versuchte in dem Papierstapel eine Ordnung zu entdecken, doch sie fand keine.

Der Vater hatte zum Schluss seine Manuskripte und Texte nur noch wahllos in der Schublade verstaut, weil er keine Freude mehr daran gefunden hatte. Margarete begutachtete die Seiten. Sie zog ein Gedicht hervor und las. Sie schaute sich eine Textseite eines Dialogs an und sah am Rand die Notizen des Vaters, die seine Änderungswünsche anzeigten. Sie legte mehrere handgeschriebene Blätter zusammen, hatte ein bisschen Schwierigkeiten mit der flüchtigen Schrift ihres Vaters, doch sie konnte die kurze Geschichte, die er erfunden hatte, entziffern.

Es war spät und die Mutter war schon mehrmals mit mahnendem Blick in die Stube gekommen. Margarete räumte alles wieder sorgfältig in die geheimnisvolle Schublade. Das war jetzt ihre Schatztruhe und immer, wenn sie abends Zeit hatte und ihre Augen noch nicht zu müde waren, stöberte sie darin, fand immer neue Gedichte und Geschichten und konnte so Schritt für Schritt die Gedankenwelt ihres Vaters erkunden und miterleben.

Der Mob

Mit ihren Aufgaben zu Hause und mit der Schule war Margarete ausreichend beschäftigt. Sie war kaum in der Lage, sich über irgendwelche anderen Dinge Gedanken zu machen. Mit Liese und Katharine hatte sie nach wie vor Kontakt und die beiden Freundinnen bedrängten sie auch nicht mehr mit ihrer Mädelschar im Ort, bei der sie doch so viele großartige Erlebnisse hätten. Sie machten jetzt öfter Hausaufgaben zusammen. Die Mädchen waren in der achten Klasse und sie wollten alle drei mit einem guten Abschluss die Volksschule verlassen. Gute Noten, das wussten sie, waren wichtig, um eine Lehrstelle für einen ordentlichen Beruf zu finden. Margarete fiel eigentlich fast alles leicht in der Schule und sie half eher den Freundinnen, als dass sie von den beiden anderen profitieren konnte.

Einmal hatte der Lehrer sie nach dem Unterricht beiseite genommen und angedeutet, dass

Margarete nach der Volksschule doch auf die Realschule wechseln könnte, das Zeug hätte sie dazu und er würde sie unterstützen. Margarete war das peinlich gewesen und sie war rot im Gesicht geworden. Sie hatte sich bedankt, denn sie wusste, dass ein solches Angebot nur ganz wenigen Schülern gemacht wurde. Es hieß immer, dass der Volksschulabschluss vollkommen ausreiche, um im Leben zu bestehen und der Gemeinschaft zu dienen. Voller Stolz hatte sie zu Hause ihrer Mutter von der Empfehlung ihres Lehrers berichtet. Das können wir uns nicht leisten, hatte ihr die Mutter traurig gesagt, das sind acht Reichsmark im Monat und ich wüsste nicht, wie ich die aufbringen sollte.

Jetzt gab Margarete also ihr Bestes für gute Noten und hoffte, das würde sich auf irgendeine Weise bezahlt machen.

In der achten Klasse gab es neben dem üblichen Unterrichtsstoff und dem täglichen Pauken für die Abschlussschüler besondere Lerneinheiten. Dazu gehörte, dass man gemeinsam mit der ganzen Klasse und dem Lehrer das Kino in Worms besuchte. Dort durften sie einen Film sehen, der sie unterhalten, aber auch weiterbilden sollte. Seit die NSDAP die Regierung des Landes stellte, legte sie besonderen Wert darauf, dass die Jugend informiert sein sollte über die Probleme in der aktuellen Zeit und über die Feinde des deutschen Vaterlands.

Margarete wusste, dass Hitler und die Braunhemden bestimmte Menschen weniger achteten, manche sogar als gefährliche Gegner des Staates betrachteten und sie in irgendwelche ominösen Arbeitslager steckten, wo sie sich bessern sollten. Sie erinnerte sich, dass der Vater von Kollegen gesprochen hatte, die nicht mehr zu ihrer Schicht gekommen waren oder von Büroangestellten, die entlassen wurden, weil sie Juden waren. Margarete hatte nie ganz verstanden, warum Menschen, die schon lange Zeit unbehelligt und als freundliche Bewohner in ihrer Nachbarschaft gelebt hatten, plötzlich Feinde sein sollten.

Jetzt spazierte die Schulklasse gemeinsam nach Worms ins Kino. Sie mussten noch nicht einmal Eintritt bezahlen. „Nicht weich werden, Susanne", so hieß der Film, der gezeigt werden sollte. Andere Schulklassen aus der Stadt würden mit ihnen den Kinosaal füllen. Der Lehrer hatte seinen Schülern schon vorher erklärt, dass sie nach der Vorführung allein und eigenverantwortlich nach Hause gehen durften. Sie waren alle schon zwölf oder dreizehn Jahre alt und groß genug für den Nachhauseweg.

In dem Film ging es um eine hübsche Schauspielerin, die von bösen Juden entführt worden war, aus Geldgier, das wurde mehrfach erwähnt. Am Ende wurde sie befreit und von einem jungen Mann geheiratet, der die Polizei gerufen hatte. Die kriminellen Juden wurden natürlich verhaftet und bestraft. Das sollten ihnen wohl als Lehre mitgegeben werden, dass die Juden böse wären.

Die Vorführung war zu Ende. Margarete hakte sich bei Liese unter und die bei Katharine. Sie hatten ausgemacht, dass sie noch ein wenig durch die Stadt bummeln und diese seltene Gelegenheit für das Schaufenster-Schauen nutzen wollten.

Aus dem Stadtbummel wurde nichts. Kaum, dass sie ins Zentrum von Worms kamen, wurde es brenzlig und gefährlich. Fenster klirrten, zersplittertes Glas lag auf Gehsteigen und auf der Straße. Etwas weiter entfernt loderten Flammen zum Himmel. Aus einigen Fenstern wurden Warnrufe laut und Stühle und Tische flogen auf die Straße. Und überall liefen die Braunhemden herum, hektisch und wütend und brüllten irgendwelche Kommandos. Gab es jetzt Krieg? Margarete hatte Angst und sie sah die Angst in den Gesichtern der Freundinnen. Die Braunhemden verscheuchten sie, da brennt es gleich, schrien sie, verschwindet!

Und war das nicht der Oskar aus ihrem Ort und ihrer Nachbarschaft, der Steine in die Schaufenster schmiss? In ihrer braunen Uniform sahen sie alle gleich aus, doch Margarete war sich sicher, wen sie da erkannt hatte. War das nicht der Vater eines Schulkameraden, der mit seiner brennenden Fackel durch die Straßen rannte und in einen Hauseingang zu einer Wohnung verschwand, aus der kurz danach schwarzer Rauch quoll?

Margarete konnte nicht glauben, wie Menschen, die sie bisher nur friedlich und kleinlaut erlebt hatte, auf diese Weise außer Rand und Band geraten konnten.

Die drei Mädchen flüchteten aus dem Zentrum, durch Nebenstraßen und dann über die Felder in Richtung ihres Dorfes. Alle drei waren sie schockiert, erzählten im hastigen Redeschwall, was sie Schlimmes gesehen hatten, und reimten sich zusammen, dass es wohl um Juden gegangen sein musste. Die Rufe und Parolen des Mobs hatten sie alle gehört. Was musste passiert sein, dass Menschen so wütend waren, dass sie sogar die Wohnungen und Häuser ihrer Mitbewohner in der Stadt zerstörten und in Flammen aufgehen ließen?

Der Lehrer erklärte es ihnen am nächsten Tag in der Schule. Sie hätten nicht nur im Film sehen können, wie schlimm, unbarmherzig und böse die Juden seien, sondern auch in der Wirklichkeit, auf unseren eigenen Straßen. Und das Feuer und die Zerstörung das sei nur die gerechte Strafe für die Übeltaten der Juden, da brauche sich kein deutscher Patriot schämen, dass er dabei tatkräftig mitgeholfen habe.

Margarete hatte in der Nacht nicht gut geschlafen. Die Mutter hatte sie noch beruhigt, sie seien Deutsche, ihnen würde niemand etwas antun. Der Führer würde sie beschützen. Mit Heiner hatte Margarete gesprochen, ob er die Braunhemden kenne aus ihrem Ort, die in Worms dabei waren. Heiner hatte herumgedruckst, hatte ein, zwei Namen genannt, die wohl mitgemacht hatten. Er wusste selbst noch nicht, was er von all dem halten sollte.

Margarete fand, dass die Zeiten ärger geworden waren, es war kein Frieden im Land und sie rätselte, wo all der Hass hergekommen war, der sich an diesem achten November in ihrer Stadt Bahn gebrochen hatte.

Sackgasse

Margarete beendet die Volksschule. Sie war jetzt vierzehn Jahre alt. Sie und ihre Schulkameraden waren alle froh, dass sie ab sofort nicht mehr die Schulbank drücken mussten. Margarete fühlte sich als junge Erwachsene, die nun einen neuen Lebensabschnitt beginnen wollte. Sie hätte trotz aller Euphorie für die neue, noch unbekannte Zukunft sich durchaus vorstellen können, weiter zu lernen, in der Realschule in der Stadt. Sie hätte Lust gehabt, unbekannte Geschichten zu hören, Bücher zu lesen und spannende Aufsätze zu schreiben. Vielleicht hätte sie später als Bürofrau bei Heyl arbeiten können oder bei der Sparkasse am Marktplatz in Worms. Margarete erinnerte sich, dass ihr Vater immer große Hochachtung vor den Frauen in den Büros seiner Firma gehabt hatte. Am Ende des Monats händigten sie seine Lohntüte aus oder sie nahmen lächelnd seine ärztlichen Atteste in Empfang. Ihre modernen Frisuren und die schicken Kleider hatten es ihm angetan.

Doch von diesen Träumen von Büros oder Bankschaltern konnte jetzt keine Rede mehr sein. Der Führer Hitler hatte etwas anderes für sie, die Schulabgänger, vorgesehen. Sie alle sollten für ein Jahr bei den Bauern arbeiten, auf dem Feld, im Stall und im Haushalt, um dem deutschen Staat und der Gesellschaft etwas Gutes zu tun. Dafür gab es nur sehr wenig Geld. So gerne hätte Margarete etwas zum Lebensunterhalt ihrer kleinen Familie beigetragen, doch diese seltsame Arbeitspflicht ließ sich nicht umgehen. Sie würde den kleinen Hans nicht mehr beaufsichtigen können. Der war gerade mal drei Jahre alt. Heiner war in seinem letzten Schuljahr und konnte im Haushalt nicht viel helfen. Die Mutter würde wieder die komplette Hausarbeit erledigen müssen.

Das waren keine guten Aussichten. Vielleicht hatte Margarete Glück und sie würde zu einem freundlichen Bauern kommen. Er würde als Dank für ihre Arbeit und über den kargen Monatslohn hinaus ein paar Kartoffeln, Salat oder etwas Gemüse für sie erübrigen, so könnte die Mutter

Haushaltsgeld sparen. Das wünschte sich Margarete.

Schon im Mai ging es los. Margarete und einige ihrer Freundinnen konnten sich glücklich schätzen, dass sie zu Hause wohnen bleiben konnten und nicht zusammen in eine Jugendkaserne gesteckt wurden, die irgendwo einsam auf dem Land lag. In ihrem Dorf und den umliegenden Dörfern gab es viele Bauern, die die billige Unterstützung durch die Jugendlichen gerne in Anspruch nahmen und sich dafür bei den örtlichen Behörden gemeldet hatten.

Margaretes Arbeitstag begann jetzt noch früher. Um halb sechs schlich sie sich aus dem Schlafzimmer, da schlief Heiner noch. Ein sparsames Frühstück in der Küche, während die Mutter schon den kleinen Hans versorgte, dann musste sie aus dem Haus. Sie hatte fast eine halbe Stunde zu gehen, bis sie zu ihrem Hof kam. Jetzt im Frühjahr war dieser Weg zur Arbeit noch erträglich, später, im Winter, würde sie frieren, wenn der kalte Wind ihr ins Gesicht blies.

Margarete wusste an keinem Tag im Voraus, was sie erwartete, wenn sie im Hof eintraf. Mal stieg sie gleich auf den Anhänger des Traktors, der sie hinaus auf das Feld brachte, wo sie Unkraut jäteten oder die Erde lockerten. An einem anderen Tag schickte sie die Bäuerin in die Waschküche und wies sie an, die Schmutzwäsche im großen, heißen Laugenkessel zu rühren und auf dem Waschbrett zu rubbeln. Das gab bis zum Mittag blutige Finger. Nachmittags war der Stall auszumisten, der Bauer nahm keine Rücksicht darauf, dass Margarete eine junge Frau war, die noch nicht an harte körperliche Arbeit gewöhnt war. Erst wenn alle Arbeitsaufträge des Tages erledigt waren, entließ der Bauer seine Helferinnen.

Müde und abgekämpft kam Margarete am Abend nach Hause. Nur selten steckte ihr der Bauer ein paar Kartoffeln zu, manchmal gab es etwas Obst oder einen kleinen, missratenen Blumenkohl. Viel half das der Mutter in der Küche nicht, wenn sie alle satt bekommen wollte. Und auch wenn am nächsten Tag Sonntag war, konnte Margarete nicht ausruhen. Mindestens den Vormittag musste sie noch beim Bauern schuften.

Margarete hatte davon geträumt, nach der Schule endlich ihr eigenes Leben aufbauen zu können. Dieser Wunsch blieb ihr erst einmal versagt. Ein Jahr war lang und dieses lange Jahr war es ihre Aufgabe, die Wünsche anderer Menschen zu erfüllen. Das war kein Vergnügen, so sehr man sich auch einredete, etwas Gutes für die Gemeinschaft zu tun. Sie und ihre Mithelferinnen auf dem Hof sollten bei der Arbeit bester Laune sein, Lieder für den Führer und das deutsche Vaterland singen und sich auf keinen Fall beklagen. Denn sie waren ja Deutsche und jung und stark, so sagte es die Partei, sie seien doch jeder Herausforderung gewachsen. Die Hakenkreuzfahne, die über dem Scheunentor des Bauern wehte, sollte zeigen, dass hier die tapfere und stolze Jugend im Einsatz war.

Margarete kannte es nicht anders. Dass Mädchen in ihrem Alter zu früheren Zeiten vielleicht Freizeit gehabt hatten, Zeiten ohne Arbeit, Erholung oder sogar Vergnügen, das wusste sie nur aus uralten Zeitschriften, die die Mutter aufbewahrt hatte. Diese vergnüglichen Zeiten waren jetzt kein Thema mehr. „Das deutsche Mädel", die Zeitung, in die sie einmal bei Liese hineinsehen durfte, erzählte auf jeder Seite von Pflichterfüllung und von der wahren Natur der Frau. Sie sollten alle Heldinnen sein und als Mädchen sollten sie zu einer starken, der Gesellschaft dienenden Mutter heranwachsen.

Ihre Abende waren kurz geworden im kleinen Haus. Nach dem Abendbrot schaffte es Margarete gerade noch ein bisschen mit dem kleinen Hans und seinen Bauklötzen zu spielen. Schnell spürte sie die Müdigkeit und verschwand nach oben in ihr Bett. Heiner sah sie kaum noch, nur kurz beim Abendbrot, bevor er wieder in eine seiner Gruppenstunden verschwand. Ihre Schatzschublade im Wohnzimmer hatte sie schon lange nicht mehr geöffnet und sie fühlte sich fast schuldig, dass sie dafür keine Zeit mehr fand. Was dieses Landjahr mit ihr machte, diese stumpfe, anstrengende und stupide Arbeit auf dem Hof des Bauern empfand Margarete als Einengung. Immer weniger konnte sie nach links oder rechts schauen, nichts mehr war übrig von der großen, weiten Welt, in der alles möglich gewesen war. Es sah alles nur noch wie eine Einbahnstraße aus, schlimmer: wie eine Sackgasse.

Liese und Katharine waren nicht mit ihr auf ihrem Hof. Zwei Mädchen, die direkt aus der Stadt Worms kamen und eines aus dem Nachbarort waren mit ihr zusammen. Mit Luise aus der Stadt kam Margarete etwas näher in Kontakt. In den kurzen Pausen, wenn sie im Stroh saßen oder auf der Bank vorm Haus, redeten sie ein bisschen. Am Anfang war es zäh, bis die Worte flüssiger und geläufiger wurden. Was konnte man einer Fremden erzählen? Margarete spürte Luises Misstrauen und auch ihre Hemmungen, vielleicht zu viel preiszugeben. In den Gruppenstunden der Mädelschar wurde der Mädelringführerin wöchentlich Bericht erstattet und Margarete hatte schon oft gehört, wie andere angeschwärzt wurden.

Nach einigen Wochen hatte Margarete Luise etwas besser kennengelernt und sie selbst hatte sich getraut, ein wenig von sich zu erzählen. Ihren Vater hatte sie erwähnt und wie sie ihn vermisste und wie schwierig es jetzt sei, mit dem wenigen Geld über die Runden zu kommen. Bei Luise zu Hause waren sie sogar sechs Kinder. Sie wohnten beengt in drei Zimmern in der Stadt. Ein älterer Bruder sei schon eingezogen worden. Er sei jetzt Soldat und käme nur noch selten nach Hause. Ob sie auch etwas von der Zerstörung im letzten Herbst in der Stadt mitbekommen habe, vom großen Brand der Synagoge mitten in der Stadt, fragte Margarete ganz leise. Luise war ein wenig erschrocken, doch sie hatte Mut gefasst und antwortete genauso leise, wie schrecklich es gewesen sei. Einige jüdische Menschen aus ihrer Nachbarschaft hätte man am gleichen Tag abtransportiert, wohin, das wusste keiner, und mancher von denen wäre bis heute nicht wieder aufgetaucht. Der Bauer näherte sich ihnen und gab Margarete und Luise neue Anweisungen, das Pausengespräch war beendet.

Ein anderes Mal wollte Margarete von Luise wissen, was sie nach ihrem Landjahr eigentlich werden wolle, ob sie schon Pläne habe. Luise hatte geschwärmt, wie gerne sie eine Buchhändlerlehre antreten wolle. Nicht weit von ihrer Wohnung sei ein Bücherfachgeschäft. Der Besitzer lasse sie manchmal in den verstaubten Regalen stöbern. Viele Kunden kämen nicht mehr in den Laden. Sie hätte dicke, alte Bände gefunden, mit schön verziertem Einband. Goethe und Schiller seien die Schriftsteller und in den Büchern hätte sie Gedichte gelesen, die heute niemand mehr kennen würde, ihr hätten sie gefallen.

Margarete war erstaunt, dass es diesen Beruf der Buchhändlerin überhaupt gab. Ihr fiel wieder ein, dass der Vater von der Stadtbibliothek berichtet hatte und von den jungen Angestellten, die Bücher in den Regalen gesucht und ihm ausgeliehen hatten. Margarete fand es mutig von Luise, dass sie sich einen solchen Beruf zutraute. So weit hatte sie selbst noch gar nicht gedacht. Ihre eigenen Pläne und Wünsche hatte sie unter der harten Arbeit auf dem Hof fast vergessen.

Der Krieg

Der Sommer war vorbei, ihre Arbeiten beim Bauern verlagerten sich zusehends ins Haus und in den Stall. Die Ernte war eingebracht, wurde verpackt und verkauft. Das Obst wurde eingemacht und im großen Gewölbekeller eingelagert. Sie misteten die Ställe und Scheune aus und räumten sie auf, bevor die Tiere von draußen wieder drinnen einquartiert wurden. Es war Anfang September und Margarete saß in der Küche der Bäuerin, ein Berg Wäsche auf dem Tisch, den Margarete abarbeiten sollte. Ihr Auftrag war es, die kaputten Kleidungsstücke zu reparieren. Sie sollte flicken, nähen und stopfen.

Neben der Wäsche lag die Zeitung offen auf dem Tisch. „Ab jetzt wird Bombe mit Bombe vergolten" stand dick und fett auf der Titelseite, ein Bild darunter, das Kampfflugzeuge zeigte, die am Himmel flogen und Bomben aus ihren Rümpfen fallen ließen.

Die Bäuerin hatte Margaretes staunenden Blick bemerkt. Habt ihr keine Zeitung im Haus? Weißt du nicht, was passiert ist? Ihre Frage klang wie ein Vorwurf. Polen hat uns angegriffen, jetzt werden sie bestraft. Deutschland wird sich wehren, unser Führer ist stark und weiß, was er tut. Die Bäuerin sprach mit vollkommener Überzeugung und ohne eine Spur von Angst. Es war jetzt Krieg.

Margarete wusste darauf nicht zu antworten, sie nahm Nadel und Faden wieder auf und nähte einen Flicken auf ein Hemd. Polen, das war weit weg, irgendwo im Osten, auf der anderen Seite Deutschlands. Sie hier, in ihrem kleinen Dorf im Westen, blieben sicher unbehelligt. Sie hatte bisher noch keine Kampfflugzeuge am Himmel gesehen. Trotzdem, das Wort machte ihr Angst: Krieg! Noch gar nicht lange her, da gab es einen Krieg, gegen Frankreich. In der Schule hatte der Lehrer davon erzählt. Und jetzt wollte Deutschland wieder Krieg führen? Mit Zerstörung, Verletzten und Toten?

Luise wusste es schon, sie hatten eine Zeitung zu Hause. In der kurzen Pause auf dem Hof erzählte sie, dass ihr Bruder ein Telegramm geschickt hatte. Er sei jetzt Soldat und im Einsatz in Polen. Margarete sah Luises sorgenvolles Gesicht. Viel mehr konnten sie nicht darüber reden, sie mussten weiterarbeiten.

Die Mutter zu Hause wusste noch weniger von den Ereignissen als Margarete. Sie schalteten am Abend den Volksempfänger ein, der bisher nur selten genutzt worden war. Sie saßen beide am Tisch und hörten, was berichtet wurde. Deutschland sei auf dem Vormarsch und würde auf der ganzen Front siegen. Doch die Engländer und die Franzosen hätten jetzt ihrerseits Deutschland den Krieg erklärt, weil sie Verbündete Polens seien und dem angegriffenen Land helfen wollten. Margarete fand das bedrohlicher als den Einmarsch in Polen. Frankreich war im Westen und jetzt konnten sie auch von dort angegriffen werden. Ihre Mutter beschwichtigte sie, Deutschland sei stark und Hitler hätte einen Plan und Waffen und viele Soldaten.

Es war Oktober und Margarete ahnte noch nicht, dass die Überschrift „Krieg" die nächsten Wochen, Monate und Jahre über all ihren Tagen stand. Dick und fett und zwingend würde diese

Überschrift ihr weiteres Leben prägen und es in unausweichliche Bahnen lenken.

Diese Zeit war ihre Jugend. Statt am Samstagabend mit einem jungen Mann im Kino zu sitzen und „Es war eine rauschende Ballnacht" zu sehen und hinterher, für Zarah Leander zu schwärmen, saß sie im kalten Gruppenraum der Mädelschar, hörte sich aus dem Radio die Erfolgsmeldungen der Kriegsreporter an und packte mit den anderen Weihnachtspakete für die Frontsoldaten. Statt sich sonntags mit den Mädchen aus dem Dorf auf eine Limonade am Rheinufer zu treffen, strickte sie dicke Wollsocken in allen Größen für den Kriegswinter.

Margarete hatte keine Vorstellung davon, wie Jugend eigentlich sein sollte. Vielleicht ein wenig mehr Abstand von den Eltern, mit Freundinnen und Freunden zusammen sein, die neuesten Schlager mitsingen oder im Tanzsaal zu der aktuellen Musik im Rhythmus Kreise drehen? War so nicht schon immer Jugend gewesen?

Im Moment gab es immer jemanden, der Margarete vorschrieb, was sie zu tun hatte. Beim Bauern, bei der Mädelschar, auf der Straße: Ständig wurden Befehle erteilt, Kommandos gerufen,

Arbeitsaufträge angeordnet. Jeden Tag musste sie so tun, als arbeite sie und lebe sie dem Führer zuliebe und für das deutsche Vaterland.

Margarete war schon lange abgestumpft. Der stampfende Kreuzreim in den Liedern und Gedichten, auswendig gelernt, bis es fast schon wieder aus den Ohren herauskam, konnte dem, was in ihrer Schatztruhe, in ihrer geheimnisvollen Schublade lagerte, nie das Wasser reichen. Bei ihren Aufmärschen und Paraden posaunten sie „für Hitler, für Freiheit, für Arbeit und Brot, Deutschland erwache und Juda den Tod". Margarete dachte darüber nach, was dieser Gesang bedeutete und wohin er letzten Endes führen würde. Dann nahm sie sich ein Gedicht aus der Schublade und versank in Zeilen über die Rätsel der Natur oder über die Merkwürdigkeiten der Liebe.

Über die Unterschiede der Texte, ihrer Gestalt und ihrer Botschaften erschrak Margarete jedes Mal, wenn sie nach langer Pause wieder einmal im Wohnzimmer allein sein konnte und sich an ihren Schatz in der Schublade erinnerte.

Heiner konnte sie nicht trösten. Sie merkte, dass mit dem Dauerkrieg sich auch bei Heiner etwas verändert hatte. Die Begeisterung, mit der er noch vor wenigen Monaten zu seinen HJ-Gruppenabenden geeilt war, hatte merklich nachgelassen. Vielleicht weil er älter geworden war, oder er machte sich genauso viel Sorgen wie Margarete, über das, was in Deutschland gerade passierte. Sie beide konnten manchmal über die schrecklichen Dinge reden, die sie bei Arbeitseinsätzen auf dem Hof, auf der Straße oder im Ferienlager der Hitlerjugend mitbekommen hatten. Margarete hatte das Gefühl, dass Heiner nicht der harte Junge war, als der er sich oft ausgab. Er hatte ein Gespür für Menschen und ihr Leid und er hatte eine große Portion Mitleid. Und so wie sie, das bekam Margarete in diesen seltenen Gesprächen mit ihrem Bruder heraus, vermisste er seinen Vater.

Auf dem Präsentierteller

Den ersten Kriegswinter musste sich Margarete in doppelte und dreifache Schichten einpacken, um die Kälte bei der Arbeit auf dem Hof einigermaßen ertragen zu können. Es war fast eine Wohltat, den Stall ausmisten zu dürfen, denn dort war es durch die Körperwärme der Tiere und ihren Mist wenigstens ein bisschen wärmer als draußen.

Der Krieg hatte nicht aufgehört. Margarete hatte darauf gehofft, dass die Besetzung Polens nur eine Episode bleiben würde und nach deren Ende wäre die Welt wieder in Ordnung. Doch das Gegenteil war der Fall: Deutsche Soldaten marschierten nach Dänemark und Norwegen, in die Niederlande und nach Belgien.

Margarete saß jetzt öfter mit ihrer Mutter im Wohnzimmer und sie hörten sich die Kriegsberichte im Volksempfänger an. In diesen Berichten wurde ständig von den Erfolgen der Wehrmacht erzählt, nie aber von der Zerstörung ausländischer Städte und Dörfer, nie von gefangenen oder getöteten Soldaten. Es brauchte nur wenig Fantasie, um sich auch das vorzustellen.

Margaretes Mutter bemühte sich, ihre Tochter zu beruhigen. Sie redete auf sie ein, dass sich alles zum Guten wenden würde. Margarete spürte, dass auch ihre Mutter den glorreichen Meldungen nicht traute. Margarete war es dann, die den Volksempfänger ausschaltete, damit sie beide, Tochter und Mutter, nicht immer tiefer in diesen gefährlichen Strudel der bagatellisierenden Kriegsnachrichten versanken.

Die Familie hatte jetzt schon das vierte Jahr Weihnachten ohne den Vater gefeiert. Die Geschenke waren bescheiden, selbstgestrickt oder genäht von der Mutter, gebastelt von Heiner und Margarete. Heiner hatte für Hans, der gar nicht mehr so klein war, Tiere aus Holz geschnitzt, für die sich der kleine Bruder sofort Geschichten ausgedacht und sie auf dem Fußboden nachgespielt hatte. Margarete hatte aus Strohhalmen und Tannenzapfen ein Mobile konstruiert und ihrem Bruder über sein Kinderbett gehängt. Vielleicht half es ihm, besser einzuschlafen. Ihr

Weihnachtsschmuck bei diesem Fest waren drei Kerzen und selbstgefaltete Sterne an den Fenstern.

Das neue Jahr begann, wie das alte aufgehört hatte: Harte Arbeit auf dem Hof und in der Kälte wartete auf Margarete. Sie zählte schon die Wochen, bis ihr Landjahr zu Ende sein würde und sie endlich etwas Neues beginnen könnte.

Margarete hatte mit ihrer Mutter gesprochen, welche Zukunftspläne sie in Angriff nehmen sollte. Die Mutter hatte vorgeschlagen, dass ihre Tochter eine Schneiderlehre beginnen könnte. Das sei nützlich, praktisch und Margarete stellte sich geschickt an mit Nadel und Faden. Zurzeit wäre dieser Beruf sehr gefragt. Die Menschen mussten sparen und brachten ihre Kleidung zur Reparatur, anstatt sich neue zu kaufen.

Margarete hatte selbst feststellen können, dass sie mit ihren Händen nicht ungeschickt war, dass ihre Stiche und Nähte regelmäßig und sauber waren. Die Bäuerin war zufrieden gewesen mit ihren Reparaturarbeiten. Auf das ausdrückliche Lob hatte sie zwar verzichtet, sie aber immer wieder für diese Aufgabe eingesetzt, während die anderen Mädchen im Stall oder auf dem Feld arbeiten mussten. Was sollte also Margarete dem Vorschlag ihrer Mutter entgegnen? Dass sie früher einmal von Büros und Bankschaltern geträumt hatte? Der Vorschlag ihrer Mutter schien vernünftig, er passte in die Wirklichkeit. Sie wollte sich nicht widersetzen, denn es fiel ihr kein Grund dazu ein. Schlussendlich wollte sie Geld verdienen, um die Mutter mit ihren finanziellen Sorgen zu entlasten.

Margaretes Mutter sagte, dass sie sich umhören wolle, im Dorf, aber auch in der Stadt. Sie hatte Kontakte und wusste, wer eine Schneiderei betrieb und vielleicht ein Lehrmädchen suchte. Margarete selbst hatte keine Vorstellung davon, wie sie die Lehrstellensuche hätte anstellen können. Sie war immer noch von früh morgens bis spät am Abend beim Bauern beschäftigt, der sie sicher nicht beurlaubt hätte, damit sie sich in der Stadt umhören könnte. Sie vertraute ihrer Mutter.

Margarete hatte mit Luise gesprochen, hatte von ihren eigenen Zukunftsplänen berichtet und ihre Freundin gefragt, ob sie tatsächlich im Bücherfachgeschäft würde arbeiten können. Daraus würde leider nichts werden, hatte Luise enttäuscht geantwortet, der Buchhändler hätte sie gerne genommen, doch die Leute würden keine Bücher kaufen, er könne sie nicht bezahlen.

Einige Wochen später kam die Mutter mit einer enttäuschenden Nachricht nach Hause. Margarete könne bei einer Schneiderin in der Stadt eine Ausbildung beginnen, doch erst in einem Jahr. Aktuell hätte die Geschäftsfrau noch ein Lehrmädchen. Doch Margarete hätte eine verlässliche Zusage und Lehrstellen seien rar. Dieses eine Jahr könne sie auf eine andere Weise gestalten.

Drei Tage später hatte die Mutter die Übergangslösung parat. Der Metzger Hauser im Ort suchte Unterstützung hinter der Theke und in der Wurstküche. Er sei damit einverstanden, dass Margarete bei ihm arbeitete. Jeder kannte den Metzger Hauser, auch Margarete war schon oft in seinem Laden gewesen, wenn die Mutter sie zum Einkauf geschickt hatte.

Margarete rackerte sich durch das Frühjahr bis zum Ende des Monats Mai. Ihr Landjahr hatte sie damit hinter sich gebracht. Ob ihre nächste Beschäftigung in der Metzgerei Hauser ihr mehr gefallen würde, wusste sie nicht. Margarete nahm die Vereinbarung, die ihre Mutter für sie getroffen hatte, mit gemischten Gefühlen auf. Wurst und Fleisch und tote Tiere, das war ihr wirklich noch nie in den Sinn gekommen. Sie konnte sich nur schwer ausmalen, was sie beim Metzger zu tun haben sollte.

Den Abschluss des Landjahrs feierten die jungen Mädchen mit einem Lagerfeuer auf einem Feld. Der Ortsgruppenleiter der Partei war anwesend, die Gruppenleiterinnen der Mädelscharen und natürlich die Mädelringleiterin. Sie alle hielten große Reden, über die hingebungsvolle Arbeit der Mädchen, durch die eine starke Gemeinschaft hervorgehen könne, alle seien stolz, dem Führer und dem Vaterland dienen zu dürfen. Deutschland würde zur stärksten Nation der Welt aufsteigen. Grußbotschaften von weiteren Funktionären wurden vorgelesen und die üblichen eintönigen und phrasenhaften Lieder gesungen.

Später, als es schon dämmerte, saß Margarete neben Luise am Feuer und hielt ihr Stockbrot in die Glut. Sie sprachen über ihre Zukunft, die für beide nur vorläufig schien. Weder Margarete noch Luise empfanden große Begeisterung für ihre nächsten Schritte ins Erwachsenenleben. Statt der Buchhändlerlehre sollte Luise jetzt eine

Ausbildung zur Krankenschwester absolvieren. Beide Mädchen vereinbarten, sich zu schreiben und sich vielleicht einmal in Worms zu treffen.

Für Margarete hatte sich eine kleine zeitliche Lücke ergeben, bis sie in der Metzgerei anfangen würde zu arbeiten. In diesen drei Wochen, die ihr wie ein Urlaub vorkamen, kümmerte sie sich um Hans, spielte mit ihm und ging mit ihm hinaus über die Felder, um Tiere zu entdecken. Sie half ihrer Mutter beim Großputz im Haus und machte sich im Garten nützlich. Immerhin ließ sie die Mutter morgens etwas länger schlafen und Margarete konnte sich von ihrem Landjahr erholen.

Der Metzger Hauser war ein Fleischer wie aus dem Bilderbuch. Er war beleibt, hatte keine Haare mehr auf dem Kopf und seine Haut glänzte blassrosa. Margarete wusste, dass Hauser sich bei den Aufmärschen, Paraden und sonstigen feierlichen Anlässen gerne in seine enge, braune Uniform zwängte, um allen zu zeigen, wie sehr er die Politik des Führers unterstützte. In seinem Geschäft stand Hauser meist in der Wurstküche, seine Frau bediente hinter der Theke. Margarete hatte dennoch schon erlebt, dass der dicke Mann mit rotem Gesicht nach vorne stürmte und einen älteren Mann mit dem gelben Judenstern am Mantel lautstark aus dem Laden jagte.

Hausers Frau war schlank, fast schon hager und leise, das Gegenteil ihres Mannes. Oft hatte Margarete nachfragen müssen, wenn sie den Zahlbetrag ihres Einkaufs wissen wollte. Margarete mochte die Frau, obwohl sie nicht viel von ihr wusste.

An ihrem ersten Arbeitstag wurde Margarete schnell klar, dass sie die Seiten gewechselt hatte. Statt einer Kundin vor der Theke, war sie jetzt zur Metzgersgehilfin hinter der Theke geworden. Sie sollte die Kundschaft bedienen, so hatte Hauser sie angewiesen, später würde er ihr auch die Wurstzubereitung erklären.

Nahezu das ganze Dorf kaufte bei Hauser ein, er war der einzige Metzger im Ort. Margarete stand jetzt auf dem Präsentierteller. Konnte sie sich beim Bauern im Stall oder in der Waschküche verstecken, so wurde sie jetzt von allen in Augenschein genommen, die die Geschäftsräume betraten. Hauser hatte ihr eine grauweiß-gestreifte Kittelschürze ausgehändigt, auf der der Name seines Geschäfts mit schwarzem Faden aufgestickt war.

Fast alle, die hereinkamen, kannten Margarete, wunderten sich, dass sie hier hinter der Theke stand. Sie waren meistens freundlich zu ihr. Viele der Kunden streckten ihren Arm zum Hitlergruß, wenn sie den Laden betraten, wussten doch alle, dass Hauser wichtige Parteiämter ausübte. Margarete widerstrebte der Gruß. Sie verstellte sich so, als bemerkte sie ihn nicht, murmelte vielleicht gerade noch ein Heil-Hitler zurück und tat beschäftigt, in dem sie immer gerade etwas in ihren Händen hielt, um ein Armstrecken zu vermeiden.

Viele, die im Laden einkauften, hatten ihren Vater gekannt. Manchmal fielen zwei, drei Worte, wie schade es doch um den Jakob sei. Ein lustiger Kerl sei er gewesen. Heute könne man ja gar nicht mehr so viel lachen. Margarete lächelte betreten, die Metzgersfrau zog ihre Augenbrauen hoch und blickte mahnend zum Kunden. Margarete ließ sich nicht auf ein Gespräch ein, das hatte sie beim Bauern gelernt. Zu schnell war ein falsches Wort gesagt, dass missverstanden werden konnte.

Hausers Frau hinter der Theke war genauso unverbindlich, wenn sie ihre Kundschaft bediente. Sie redete maximal über das Wetter, wer gestorben sei und wo es Nachwuchs gegeben hätte. Mehr an eigener, persönlicher Meinung war ihr nicht zu entlocken. Nur wenn Hauser selbst hinter der Theke stand, weil ein Kunde ein besonderes Stück Bratenfleisch kaufen wollte und den Rat des Fachmanns benötigte, hatte der gar keine Hemmungen, über die große Politik zu schwadronieren. Dann lobte er umfänglich die Generäle der Wehrmacht, die schon wieder einen Sieg errungen hätten, glorifizierte Hitlers so vorausschauende Pläne und machte die Feinde Deutschlands lächerlich. Dem Kunden, der von Hauser bedient wurde, blieb nur noch übrig, mit aller Deutlichkeit zuzustimmen und zu nicken.

Auch wenn die Arbeit in der Wurstküche anstrengender war als hinter der Theke, freute Margarete sich, wenn der Chef sie nach hinten rief. Er zeigte ihr die Zubereitung einer besonderen Wurstsorte, die Margarete zukünftig selbst machen sollte. In der Wurstküche war sie meistens für sich, keiner, der sie ihn ein Gespräch verwickeln wollte und keiner, der auf seinen stürmischen Hitlergruß eine ebenso stramme Erwiderung einforderte. Hauser selbst ließ sie in Ruhe mit seinen politischen Überzeugungen,

Margarete war für ihn offensichtlich keine gleichwertige Gesprächspartnerin. Das störte sie nicht. Nur manchmal fragte er sie nach ihrem Landjahr aus, um wenigstens den Anschein zu erwecken, er sei an ihrer Meinung interessiert.

Die Arbeit in der Metzgerei war für Margarete und ihre Familie von Vorteil, denn ein- bis zweimal in der Woche durfte sie etwas Wurst mit nach Hause nehmen, manchmal sogar ein paar Knochen oder ein Stück Fleisch. Ansonsten träumte Margarete auch bei dieser Arbeit dem nächsten Jahr entgegen, in der Hoffnung, die Schneiderlehre würde besser zu ihr passen und mehr ihren Wünschen entsprechen als die Arbeit an der Wursttheke.

Margarete hatte in der Metzgerei das Gefühl, das sie schon in ihrem letzten Schuljahr in der Volksschule beschlichen hatte: Die Menschen misstrauten sich gegenseitig. Keinen empfand sie als offen und ehrlich. Auf der anderen Seite schienen die Menschen erleichtert, dass ihnen ein großer Führer das Denken abgenommen hatte. Zu was sollte man nachdenken und diskutieren, wenn der Führer wusste, was das Richtige für sie war?

Margarete mit ihren sechzehn Jahren hatte selbst keine Vorstellung davon, wie sie sich in dieser Gesellschaft einordnen sollte. Wo war ihr Platz? Sie ahnte, dass sie mit jedem Tag, mit dem sie mehr zu einer Erwachsenen wurde, auch zu einem Teil dieser Gemeinschaft wurde. Diese Aussicht machte ihr manchmal Sorgen.

Helene

Es war Herbst und Margarete arbeitete jetzt schon über ein Vierteljahr bei Hauser. Die Verwunderung der Menschen im Dorf, sie als Metzgereigehilfin hinter der Theke zu sehen, hatte merklich nachgelassen. Nur noch selten wurde sie auf ihren Vater angesprochen. Dichtertochter und jetzt Metzgersfrau, wunderte sich einmal ein junger Mann und Margarete blickte betreten zur Seite. War das der Kerl, der sie schon damals in der Scheune bei der Theaterprobe angesprochen hatte? Er kam ihr bekannt vor.

Dieses kleine Erlebnis und die Erinnerung an den Vater hatten Margarete am Abend dazu veranlasst, nach langer Zeit wieder einmal die Schublade des Wohnzimmers zu öffnen. Der Stapel, den sie auf dem Tisch ablegte, war mittlerweile durch ihr Zutun sortiert. Ganz oben lagen die jüngsten Manuskripte, unten die ältesten. Sie hatte es geschafft, Blätter, die zu einer kurzen

Geschichte gehörten, mit einem Bleistift durchzunummerieren und sie mit einer Büroklammer zusammenzuheften. Im Laufe ihrer Lesestunden im Wohnzimmer und nachdem sie sich manche Texte mehrfach vorgenommen hatte, traute sich Margarete, sich einen Titel für eine der Geschichten auszudenken, die der Vater noch nicht selbst überschrieben hatte. Sie notierte ihre Idee vorsichtig mit dem Bleistift am oberen Rand des Papiers.

Die Gedichte, die der Vater gereimt hatte, ließ Margarete in der chronologischen Ordnung. So ergab sich eine unsystematische Abfolge von Gedichten und Geschichten im Papierstapel. Nur die Notizen und Reden für den Fasching hatte Margarete aussortiert und zu einem Extrastapel zusammengefasst. Sie hatte noch keine Idee, was sie damit anfangen sollte.

Margarete hatte sich heute ein Herbstgedicht ihres Vaters hervorgeholt. Es war ihr beim Metzger in den Sinn gekommen, als der junge Mann sie so direkt angesprochen hatte. Die Dämmerung hatte längst eingesetzt und Margarete hatte nicht gemerkt, wie dunkel es schon war, als ihre Mutter in die Stube kam und das Licht einschaltete. Im

Hellen kannst du besser lesen, meinte sie vorsichtig.

An diesem Abend zog sich die Mutter nicht gleich wieder zurück, so, wie sie es sonst immer tat, sondern setzte sich zu Margarete an den Tisch. Sie strich über den Stapel Papier, als würde sie ihn zum ersten Mal sehen. Margarete wusste, dass die Mutter nach dem Tod ihres Mannes, die Schublade geöffnet hatte. Margarete hatte es gemerkt, wenn ihre Ordnung der Blätter etwas verändert war.

Der Mutter fiel es offenbar schwer, das Gespräch zu beginnen. Der Alltag in der kleinen Familie, ohne ihren Mann, den Vater der Kinder, hatte sie so sehr beansprucht, dass sie nur selten länger und ernsthafter miteinander geredet hatten. Margarete war ihre älteste Tochter und die Mutter hatte erstaunt feststellen müssen, wie erwachsen ihr Kind bereits geworden war.

Margarete half ihrer Mutter, das Schweigen zu beenden. Hast du das geglaubt, was die Leute im Dorf behauptet haben, der Vater sei ein Dichter? Oder hast du gedacht, sie machen sich lustig über deinen Mann? Natürlich war er ein Dichter, meinte die Mutter, aber nur für mich. Er hat seine

Gedichte doch keinem gezeigt außer mir. Wenn er mir mal wieder ein Blatt mit ein paar Zeilen auf den Nachttisch gelegt hatte, da wusste ich, dass er ein Dichter war. Das waren Zeilen für mich und nicht für die Welt. Das andere, die Spottverse für den Fasching, die hat dein Vater selbst nicht ernst genommen. Am Ende mochte er sie gar nicht mehr. Woher weiß man, ob einer ein Dichter ist, wenn man selbst keine Ahnung von der Dichtkunst hat? Man hat in der Schule die berühmten Namen gehört, Schiller und Goethe, doch ich habe nie eine Zeile dieser Männer gelesen. Ich habe nur gespürt, dass es etwas Besonderes war, was er mir zu lesen gab, dass ich verstanden habe, was er schrieb und dass es mir gutgetan hat.

Margarete sah die Ehrlichkeit im Gesicht und in den Augen ihrer Mutter und sie spürte, dass ihre Mutter es vermisste, ein beschriebenes Blatt auf ihrem Nachttisch zu finden.

Meinetwegen hätte er kein Dichter sein müssen, meinte die Mutter, nachdem sie ihre Traurigkeit wieder eingefangen hatte. Wenn er nur dageblieben wäre, an meiner Seite, mit seinem Geist und seinem Humor, ich hätte auf jedes geschriebene Wort verzichtet, so schön sie waren.

Erst jetzt fiel Margarete zum ersten Mal auf, wie stark ihre Mutter gewesen war. Sie war doch immer noch eine junge Frau, noch nicht einmal vierzig Jahre alt und hatte alle ihre Träume vom Leben aufgeben müssen. Sie kümmerte sich um ihre Kinder, ließ keinen von ihnen im Stich. Doch würde sie noch einmal heiraten wollen? Gab es Verehrer im Dorf, die sie gern als Partnerin hätten? So überraschend dieser Gedanke für Margarete war, so selbstverständlich war er, wenn sie nur ein bisschen darüber nachdachte. Für sie und Heiner und Hans war sie bis heute ausschließlich ihre Mutter. Heute Abend stellte Margarete fest, dass ihre Mutter eine junge Frau und einsam war.

Doch so viele Männer waren gar nicht mehr im Ort. Viele waren im Krieg und Margarete hatte schon von Kriegswitwen gehört, die ihre Männer in einer Schlacht verloren hatten. Wie hätte ihre Mutter denn in diesen Zeiten einen anderen Mann kennenlernen können? Gelegenheiten dazu gab es keine. Der Tanznachmittag in der Dorfgaststätte war seit geraumer Zeit abgesetzt, und selbst wenn er stattgefunden hätte, Margarete wusste nicht, ob ihre Mutter überhaupt dorthin gegangen wäre.

Was willst du daraus machen? Margaretes Mutter strich noch einmal über den Stapel Papier, der vor ihnen beiden auf dem Tisch lag. Was mit den Texten, Gedichten und Geschichten geschehen sollte, hatte sich Margarete noch nie überlegt. Es hatte ihr gefallen, eine Ordnung in die Blätter zu bringen, die losen Blätter zu einer Einheit zusammenzustellen. Sie war sogar stolz darauf, einen Titel für eine noch unbenannte Geschichte gefunden zu haben. Doch weiter hatte sie noch nie gedacht.

Vielleicht kann ich die Texte mit einer Schreibmaschine abtippen, und dann zusammenleimen und ein kleines Buch daraus machen, für dich, für alle, dann vergessen wir den Vater nicht. Margarete fand ihre Idee gar nicht so abwegig. Allerdings hatte sie keine Vorstellung davon, wie eine Schreibmaschine aufzutreiben war und wie das funktionierte mit dem Abtippen. Die Mutter nickte, sei sorgfältig damit, meinte sie nur, und hüte deinen Schatz.

Die Mutter ging schlafen. Margarete sortierte das Gedicht in den Stapel und versorgte ihn in der Schublade. Vielleicht sollte sie bald Heiner zeigen, welche Hinterlassenschaft ihres Vaters hier

verborgen war und dieses Erbe mit ihrem Bruder
teilen.

Margarete in der Stadt

Der Metzger Hauser hatte die Wormser Zeitung abonniert und ab und zu, wenn Margarete in der Wurstküche den Fleischteig knetete, konnte sie einen Blick in die Zeitung werfen, die der Chef auf einem Beistelltisch hatte liegen lassen. Sie schaute zuallererst auf die Fotos der Titelseite. Da war Adolf Hitler zu sehen, neben und hinter ihm Generäle und Offiziere, und ganz im Hintergrund, im milchigen Nebel, war der Eiffelturm zu sehen. In der Schule hatten sie einmal über berühmte Bauwerke der Welt gesprochen. Der Lehrer hatte ihnen damals dieses Wahrzeichen der Stadt Paris gezeigt.

In den Nachrichten des Volksempfängers hatten Margarete und Heiner mitverfolgt, dass die Deutsche Wehrmacht nun auch in Frankreich einmarschiert war und sich der Führer und seine Gefolgschaft nun offensichtlich im Ruhm ihrer Eroberung sonnten.

In der Heimat, in Worms und in ihrem Dorf war der Krieg mittlerweile nicht mehr unsichtbar. Die Männer fehlten. Sie waren als Soldaten im Krieg, der offenbar nicht aufhörte und in allen Himmelsrichtungen tobte. Dafür waren fremde Menschen gekommen, zerlumpt und mager bis auf die Knochen, die in schlimmen Schuppen hausten. Am Morgen wurden sie in Trupps, bewacht von deutschen Polizisten, in die Fabrik zur Arbeit eskortiert und am Abend wieder zurück in ihr beengtes Lager. Es war verboten, mit diesen Menschen zu reden, geschweige denn ihnen nahe zu kommen und ihnen aus Mitleid etwas zum Essen zuzustecken. Margarete wusste nicht, in welchen Ländern diese Arbeiter gefangen genommen worden waren. Hätte sie jetzt nicht sofort nach Hause laufen müssen, um einen Kanten Brot aus dem Brotkorb zu holen, den sie einem der Männer hätte zustecken können? Warum tat sie es nicht? War sie schon so paralysiert von den Uniformen, den gebrüllten Befehlen und den Strafandrohungen? Was hätte ihr Vater in diesem Moment getan? Margarete hatte nicht den Mut, sich aus ihrer Lähmung zu befreien.

Seit Kriegsbeginn hatten sie sich daran gewöhnt, dass die Lebensmittel nur noch auf Karte zu bekommen waren. Doch es gab alles, sie mussten sich nicht einschränken oder gar hungern. Anscheinend war Deutschland trotz des Kriegs gut versorgt.

Margarete erschrak am meisten über die Bombenflugzeuge. Mitten im Sommer hatte ein englischer Flieger auf den Wiesen neben ihrem Dorf seine Fracht abgeworfen und eine große Schafherde getötet. Weitere Angriffe im Herbst verliefen weniger glimpflich. Jetzt wurden nicht Schafe, sondern Menschen getötet oder verletzt. Ihr kleines Haus hatte keinen Keller, Margarete, ihre Geschwister und ihre Mutter konnten sich nicht verstecken. Das war das Schlimmste für Margarete: Der ohrenbetäubende Lärm der Flugzeuge, wenn sie herankamen, und die Wucht und der Donner der Detonationen. Dieser Gewalt, die plötzlich und unberechenbar aus dem Himmel kam, fühlte sich Margarete hilflos ausgesetzt. Sie fürchtete sich davor. Heiner musste ihre Hand nehmen, damit sie nicht der Panik verfiel.

Margaretes Arbeit zog sich durch den Winter. Selbst an Sonntagvormittagen stand sie in der

Wurstküche. Ihr sechzehnter Geburtstag war wie immer grau, regnerisch und kalt und doch auch in diesem Jahr der Vorbote des nahenden Frühling. Sie sehnte sich nach der neuen Jahreszeit und danach, endlich die Tätigkeit für sich zu finden, die zu ihr passte und die vielleicht sogar ein wenig Spaß machen würde. Anfang Mai sollte sie ihre Ausbildung zur Schneiderin beginnen.

Heiner hatte seine Schulzeit beendet. Er konnte im Unterschied zu seiner Schwester seine Lehre sofort nach seinem Schulabschluss beginnen. Er war bei einem Schlosser im Ort untergekommen. Margarete sah ihren Bruder kaum. An den meisten Abenden war er im Einsatz in der Ortsgruppe der Hitlerjugend, selbst an den Wochenenden war er oft unterwegs.

Die Mutter war für das Haus zuständig. Der kleine Hans vermisste seine großen Geschwister, die bei der Arbeit waren. Nur selten kam ein gleichaltriger Nachbarsjunge in ihr kleines Haus, um mit ihm zu spielen. Im Frühjahr und im Sommer nahm ihn die Mutter einfach mit, wenn sie das Glück hatte, bei einem Bauern auf dem Feld helfen zu können. Sie setzte ihren kleinen Sohn auf eine Decke in der Wiese und vertraute darauf, dass er sich schon beschäftigen würde, während sie im Feld jätete oder die Erde harkte.

So wenig Margarete ihre Arbeit beim Metzger Hauser mochte, so hatte sie doch den Vorteil, dass sein Geschäft im Ort war. Nur wenige Minuten von ihrem kleinen Haus entfernt konnte sie das Geschäft bequem zu Fuß erreichen. In Zukunft war ihr Arbeitsplatz in der Stadt in Worms. Sie musste sich um ein taugliches Fahrrad kümmern, um dort hinzukommen. Die Mutter brauchte ihr Fahrrad selbst, wenn es aufs Feld ging und Vaters Fahrrad hatte Heiner längst an sich genommen, auf Vordermann gebracht und fuhr damit jeden Tag zu seiner Schlosserei. Margaretes altes Kinderfahrrad, mit dem sie früher so viele Familienausflüge unternommen hatte, war viel zu klein und außerdem schon lange nicht mehr fahrtüchtig.

Margarete hatte sich in den letzten Wochen vor ihrem Arbeitsende bei Hauser getraut, ihren Chef zu fragen, ob er nicht vielleicht etwas wüsste von einem gebrauchten, fahrbereiten Fahrrad. Hauser war eigentlich noch eingeschnappt, denn er hätte Margarete gerne weiter als billige Hilfskraft in seinem Geschäft behalten. Margarete hatte das freundlich, aber bestimmt abgelehnt, mit dem Hinweis auf ihre neue Ausbildung. Und nun wollte sie Unterstützung von ihm? Er antwortete erst nach drei Tagen auf Margaretes schüchterne Anfrage und schickte sie nach Feierabend in einen Schuppen hinter dem Haus, dort stehe das alte Fahrrad seiner Frau, die benutze es nicht mehr, Margarete könne es haben. Man müsse halt schauen, ob noch alles funktionierte. Das war also das Abschiedsgeschenk des Metzgers für Margarete, so empfand sie es zumindest.

Der Arbeitsbeginn in der Stadt rückte näher. Heiner hatte ihr dabei geholfen, das Fahrrad der Metzgersfrau in Stand zu setzen. Margarete konnte ihn sogar dazu überreden, an einem Sonntag mit ihr in die Stadt zu fahren, um die beste Strecke zu ihrer neuen Arbeitsstelle herauszufinden. Der Ausflug gefiel ihr, es war fast so wie früher, als die ganze Familie losgefahren war.

Mit Heiners Hilfe fanden sie schnell den besten Weg in die Martinsgasse. Dort war die Schneiderin ansässig. Am Ludwigsbrunnen gleich in der Nähe machten sie eine Pause. Sie unterhielten sich seit längerer Zeit wieder einmal über das, was sie gerade umtrieb. Margarete erzählte ihrem Bruder, wie sehr sie nun hoffte, einen Beruf zu finden, bei dem sie nicht nur irgendeine stumpfsinnige Arbeit zu verrichten hätte, sondern bei dem sie gerne zur Arbeit ginge und etwas selbst gestalten könnte. Heiner gefiel seine Lehre in der Schlosserei, nur der Meister sei streng und manchmal etwas mürrisch, das verderbe ihm oft die Lust, morgens für seine Arbeit aufzustehen.

Sie sprachen über den Krieg, dass die Einschläge in der Heimat häufiger wurden und näherkämen. Heiner war immer noch überzeugt, dass alles gut werden würde, doch Margarete hörte heraus, dass die pure Begeisterung seines Bruders nicht mehr so überschwänglich war wie noch vor einem Jahr. Vielleicht wollte er sie nur beruhigen mit seiner angeblichen Zuversicht.

An einem Morgen Anfang Mai ging es dann los. Für lange Zeit würde das nun ihr Alltag sein: Ein eiliges Frühstück und dann fuhr sie durch den Ort, an den Feldern und Wiesen vorbei und quer durch die Stadt Worms in die Martinsgasse. Dort war ihre neue Arbeitsstelle. Mit ihrem neuen Fahrrad hatte sie ihr Ziel in knapp zwanzig Minuten erreicht. Sie fuhr bei jedem Wetter und kam manchmal nass oder halb erfroren in der

Schneiderwerkstatt an. Zu Fuß hätte sie viermal so lange gebraucht.

Die Schneiderin, die ihr nun das Nähen beibringen sollte, war eine resolute Frau, ungefähr im gleichen Alter wie Margaretes Mutter, und das, was sich Margarete unter einer Geschäftsfrau vorstellte. Sie war fast immer auf dem Sprung, hielt es an einem Ort fast nie länger als eine Stunde aus und war ständig unterwegs. Sie war nicht nur Inhaberin der Schneiderwerkstatt, sondern besaß noch einen Friseursalon in der Stadt, bei dem sie offensichtlich immer wieder nach dem Rechten schauen musste. Und weil sie so geschäftig war, konnte sie sich wohl nur wenig um ihren eigenen Haushalt kümmern. Dafür war das Lehrmädchen da und das hieß nun Margarete.

Oft saß Margarete allein in der Werkstatt in der Martinsgasse und wusste nicht so recht, was sie eigentlich tun sollte, denn ihre Meisterin hielt sich gerade an einem anderen Ort auf und hatte keine Zeit, ihrem Lehrmädchen etwas zu zeigen und beizubringen. Immer wieder verbrachte Margarete halbe Tage in der Wohnung ihrer Chefin, direkt über der Schneiderwerkstatt. Dort hatte sie den Haushalt zu versorgen, zu putzen,

Wäsche zu bügeln, Staub zu wischen und zu fegen. Natürlich wusste Margarete, wie das ging, im Haushalt ihrer Familie hatte sie als große Tochter oft genug der Mutter geholfen. Doch dafür war sie nicht in die Werkstatt gekommen. Jetzt empfand sie sich als Dienstmädchen, das außerdem für das, was es tat, sehr schlecht bezahlt wurde.

Margarete hoffte, dass sich etwas ändern könnte. Vielleicht stellte die Schneiderin irgendwann ein Hausmädchen ein und sie selbst könnte etwas in der Werkstatt lernen. Das passierte leider nicht. Margarete sprach mit ihrer Mutter, klagte ihr ihre Enttäuschung. Doch die Mutter konnte ihr nicht helfen. Was hätte sie auch tun können? In diesen Kriegszeiten gab es kaum Lehrstellen. Hätte Margarete zurückgehen sollen zum Metzger Hauser, der sie als Gehilfin vielleicht wieder eingestellt hätte?

Du bist eine junge Frau, du bist hübsch und anständig, einer wird dich finden und dich heiraten. Dann bist du eine Ehefrau und bestimmt wirst du eine Mutter, dann brauchst du keinen Beruf mehr. Die Gedanken, die ihre Mutter ihr nahelegte, waren fern und fremd für Margarete.

Diese Zukunftsbeschreibung der Mutter war reine Fantasie und kein Trost für sie.

Vielleicht änderte sich etwas, wenn Margarete das zweite Lehrjahr erreichen würde. Sie entschied sich, zu bleiben, die Unannehmlichkeiten zu ertragen und auf bessere Zeiten zu hoffen.

Margarete war wegen ihrer Arbeit jeden Tag in der Stadt. Viel mehr als in ihrem kleinen Dorf trommelten Nachrichten auf sie ein, die sie sonst bestimmt nicht mitbekommen hätte. Immer wieder fuhren Lautsprecherwagen durch die Straßen und verkündeten eine neue Anordnung der Parteiführung, aus den Geschäften und aus Wohnungen dröhnten die Volksempfänger mit lauten Reden und Marschmusik. Die Kioske und Schreibwarenläden präsentierten auf Plakaten und Zeitungsständern die Schlagzeilen des Tages. Der Krieg, so lautete die Botschaft, war zum Weltkrieg geworden. In Afrika war Krieg. Was hatten deutsche da Soldaten verloren? Welche Länder wollte Hitler und seine Generäle noch erobern? Japan führte Krieg in Ostasien. Das Land war ein Verbündeter Deutschlands. Und jetzt im Sommer hatte ein weiterer großer Krieg begonnen. Russland sollte erobert werden. Hatte Deutschland so

138

viele Soldaten und Waffen, dass es sich die ganze Welt unterwerfen konnte?

Margarete war erschrocken und beunruhigt über diese Dimensionen des Krieges, wie sie die Zeitungen ohne den geringsten Zweifel und ohne Zurückhaltung beschrieben. Was sollte aus all den Menschen werden, die in diesen Ländern lebten. Die hatten doch auch ihre Arbeit, ihre Familien und ihre Kinder, um die sie sich kümmerten. Was wollten die fremden Soldaten in ihrem Land?

Es war keine Zeit der Freude und des Vergnügens, diese Jugendzeit im Krieg. Auch wenn überall und ständig lauthals gegrölt und gejubelt wurde, Margarete fürchtete sich vor dem, was sich anbahnte. Sie fühlte sich als Gefangene in einem großen Freilaufgefängnis, in dem sich jeder in Freiheit wähnte, aber die Mauern und Zäune nicht sah. Sie alle waren Gefangene in einem Land der Ordnung, des Gehorsams und des Misstrauens, in einem Land, in dem nur ein Ziel als gültig und erstrebenswert anerkannt war: der Sieg Deutschlands über die ganze Welt. Das kleine Glück der Leute, die Zukunft der Jugend, das alles war belanglos und ohne jeglichen Wert.

Erste Liebe

Margarete beklagte sich nicht mehr. Was ihre Chefin ihr anwies, das verrichtete sie mit Sorgfalt und Genauigkeit. Ob das nun Aufgaben im Haushalt waren oder tatsächlich Arbeiten in der Schneiderwerkstatt. In der Werkstatt war sie zufrieden, wenn ihr etwas gelang und die Meisterin am Abend die Kleider begutachtete, die zu reparieren waren. Sie hatte selten etwas auszusetzen. In der Wohnung ihrer Chefin tat sie das, was notwendig war ohne große Begeisterung, aber immerhin so penibel, dass auch hier die Chefin zufrieden sein konnte.

Margarete hatte Gelegenheit gefunden, das Zentrum der Stadt Worms zu erkunden. Die Martinsgasse verlief am Rande der Innenstadt. In der Mittagspause und wenn das Wetter es zuließ, schlenderte sie zum Oberen Markt mit den vielen kleinen Geschäften. Manchmal ging sie weiter bis in die Kämmerer Straße, wo man in die

Schaufenster des großen Kaufhauses blicken konnte. Margarete, als angehende Schneiderin, staunte über die breiten Schultern und den weiten Faltenwurf der Damenkleider. Gerne hätte sie einmal so ein Kleid ausprobiert. Doch wenn sie die Preisschilder sah, ging sie schnell weiter zum nächsten Fenster.

Manchmal lief Margarete in die entgegengesetzte Richtung, die Kaiser-Wilhelm-Straße hinunter und in die Bahnhofstraße zum Kino Rex. In den Vitrinen an der Außenwand hingen die Plakate der neuesten Filme. Seit ihrer Schulzeit war Margarete nicht mehr im Kino gewesen. Doch abends für einen Kinobesuch allein in die Stadt zu fahren, das traute sie sich nicht. Gerade wurde ein Liebesfilm gezeigt, „Frau Luna", mit Theo Lingen, von dem hatte sie schon gehört, und mit Lizzi Waldmüller.

Einmal war Margarete die Martinsgasse in die andere Richtung gelaufen und war schnell wieder umgekehrt. Sie war in die Judengasse geraten und in das jüdische Viertel. Die Erinnerungen an die schlimmen Vorfälle vor vier Jahren kamen ihr sofort wieder in den Sinn. Häuser waren in Brand gesteckt worden und die Bewohner des

Viertels wurden gejagt und verprügelt. Jetzt waren die Straßen längst geräumt, viele der Wohnungen standen leer und schienen verlassen. Die Synagoge war bis auf die Grundmauern abgebrannt und zerstört. Niemand der Stadtoberen dachte daran, das Gebetshaus wieder aufzubauen. Die Ruine sollte wohl zeigen, dass Juden in Worms nicht mehr erwünscht waren. Margarete vermied es, den Weg in diesen verpönten Stadtteil je wieder einzuschlagen.

Einmal wollte es der Zufall, dass Margarete eine Bekannte in der Stadt traf. Beim Schaufensterbummel in der Mittagspause tippte ihr jemand auf die Schulter. Margarete erkannte ihre Freundin Luise aus dem Landjahr. Sie freute sich, sie zu sehen und hatte zugleich ein schlechtes Gewissen, weil sie ihr, obwohl versprochen, so lange nicht geschrieben hatte. Es war kalt an diesem Tag, es war Januar, und Luise schlug vor, dass sie sich in ein kleines Café am Oberen Markt setzen könnten. Dort wäre es wärmer und eine Limonade koste nicht viel. Margarete überlegt kurz, ob sie sich das leisten konnte, doch die Neugier darauf, wie es Luise ergangen war, stimmte sie um. Sie habe nur noch eine halbe Stunde Zeit, fügte sie einschränkend hinzu, besser als gar nicht reden, meinte Luise, nahm Margarete an der Hand und schon saßen sie im Café. Sie erzählten sich ihre Erlebnisse der letzten zwei Jahre und vergaßen fast die Zeit und die Menschen um sie herum.

Mit Luise konnte sie gut reden, das fiel Margarete aber erst auf, als sie schon wieder in der Schneiderwerkstatt war. Luise redete mit ihr ohne Vorbehalt, als gebe es die vielen fremden Ohren nicht. Luises Vertrauen ließ auch Margarete offener werden. Sie konnte plötzlich über Dinge reden, die sie bisher als Geheimnisse gehütet hatte. Die kurze halbe Stunde im Café war eine Wohltat. Sie hatte das Café und Luise verlassen, als käme sie aus einer ganz anderen Welt.

Margarete hatte viel Neues erfahren. Luise arbeitete jetzt im Wormser Krankenhaus als Krankenschwester. Das sei nicht immer einfach, hatte sie erzählt. Sie müsse viele verletzte Soldaten pflegen, die schlimme Erfahrungen bei ihren Kriegseinsätzen gemacht hätten. Sie müsse an ihren Bruder denken, der an der Ostfront kämpfe und von dem die Familie schon lange keine Nachricht mehr erhalten habe. Sie berichtete vom Buchhändler, den sie nach wie vor besuche und der ihr immer mal wieder ein Buch zusteckte. Spannend und außergewöhnlich seien diese Bücher, nichts von dem, was sonst als Lesematerial empfohlen werde.

Margarete hatte ihrerseits Luise ihr Leid geklagt, über die Arbeit in der Metzgerei im Dorf und über ihre neue Lehrstelle in der Schneiderei. Luise hatte sie bedauert und ihr Mut zugesprochen. Irgendwann würde es besser werden, spätestens dann, wenn dieser elende Krieg vorbei wäre. In diesem Moment hatte Margarete die entgeisterten Gesichter an einem der Nebentische registriert. Zum Glück war ihre Mittagspause zu Ende und Margarete musste das Café verlassen und zurück in die Werkstatt.

Vor dem Café hatte Luise Margarete kurz an ihrem Jackenärmel festgehalten. Wir sehen uns doch wieder, fragte sie fast zweifelnd. In der Martinsgasse die Schneiderei, die findest du. Dort kannst du mich zur Mittagspause abholen, wenn du Lust dazu hast. Margarete hatte es eilig und lief schon los, hatte sich dann doch noch einmal umgedreht und Luise zugerufen: Ich würde mich freuen, wenn du kommst.

Margarete hatte bisher die Unannehmlichkeiten mit den Lebensmittelkarten hingenommen. Doch der Krieg und die Kriegswirtschaft drangen immer offensichtlicher und spürbarer in das Leben in ihrem Dorf und ihrer Stadt ein. Die elenden, ausländischen Arbeiter sah man immer häufiger in den Straßen, streng bewacht auf dem Weg zu ihren Arbeitseinsätzen. Andere Menschen wurden abtransportiert. Mit kleinen Koffern und Rucksäcken standen sie verängstigt auf den Sammelplätzen, wo die Lastkraftwagen schon bereitstanden, um sie wegzubringen. Sie würden in Lager gebracht, so hieß es, dort müssten sie endlich richtig arbeiten und nicht nur von ihrem Reichtum leben, dort würde es ihnen gut gehen.

Am ärgsten ging es Margarete damit, dass die Bombenflugzeuge es offensichtlich immer häufiger nach Deutschland schafften. Von großen Zerstörungen in Lübeck und Köln hatte man gehört. Margarete wachte oft in der Nacht auf, wenn die Flieger über ihrem kleinen Haus in Richtung der BASF in Ludwigshafen flogen. Wann würden sie auch wieder Worms und die Dörfer angreifen?

Bei den Gruppenabenden der Mädelschar musste sie schon lange verpflichtend anwesend sein. Sie hörten die Reden von Goebbels und Hitler im Radio und packten dabei die Winterpakete für die Soldaten an der Ostfront. Margarete dachte dabei mit großer Sorge an ihren Bruder. Heiner würde bald sechzehn werden und wenn der Krieg noch länger dauerte, würde auch er noch eingezogen werden und müsste womöglich als Soldat kämpfen.

Es wurde Frühjahr. Margarete hatte ihren kalten Februar-Geburtstag überstanden und war jetzt stolze siebzehn Jahre alt. Nur ein Jahr noch, dann wäre sie achtzehn und volljährig. Tatsächlich war Luise seit ihrem zufälligen Treffen in der Stadt drei- oder viermal in die Martinsgasse gekommen, hatte Margarete durch das Fenster gewunken und sie hatten zusammen eine Stunde in der Stadt verbracht. Mal saßen sie im Café bei einer Limonade oder, als die Sonne schon etwas wärmte, suchten sie sich eine Bank im Heyl-Park oder unter dem Lutherdenkmal. Sie redeten, fragten sich aus und staunten über das, was der jeweils anderen gerade so passierte. Margarete tat das gut. Luise war zu einer echten Freundin geworden.

Margarete mochte ihrer Freundin dann auch nicht absagen, als sie ihr Ende April eine seltsame Bitte vortrug. Luise hatte einen Verehrer, das allein war für Margarete schon überraschend genug. Doch Luise wollte ihn besuchen, er sei Soldat und in Bobenheim stationiert. Margarete müsse mitkommen, allein würde sie sich nicht trauen, doch zu zweit, das ginge. Am Freitag sei Feiertag, der erste Mai, dann müssten sie beide nicht arbeiten und hätten Zeit für einen kleinen Ausflug.

Einen Ausflug hatte Margarete schon lange nicht mehr gemacht, warum also nicht. Luise war nun mal ihre Freundin. Leider besaß sie kein Fahrrad, also würden sie beide auf eine kleine Wanderung gehen. Luise würde sie in ihrem Dorf abholen, das lag auf dem Weg.

Am Freitagnachmittag gingen sie los. Ein richtiger Frühlingstag war es nicht. Die Sonne schaute nur ab und zu durch die Wolken und es war noch ziemlich frisch. Unterwegs erzählte Luise, wie sie ihren Freund kennengelernt hatte. Margarete hörte genau zu, sie hatte keine Vorstellung davon, wie so etwas funktionierte. Sie sah aber doch junge Paare in der Stadt, die sich an den

Händen hielten, sich strahlend anlächelten oder sogar küssten.

Luises neuer Freund war im Krankenhaus behandelt worden, nichts Schlimmes, und er hatte ein Auge auf sie geworfen. Einmal hätten sie sich im Kino getroffen und dann habe er sie auf den Feiertag eingeladen. Er hätte Bereitschaft und könne nicht weg von seiner Stellung, aber er müsse Luise unbedingt wiedersehen.

Luise freute sich auf das Treffen. Margarete verstand nicht, was bei ihrer Freundin passiert war, dass sie solche weiten Wege in Kauf nahm, um einen jungen Mann zu sehen.

Es war verwirrend, die Unterkunft der Soldaten nahe der Flakstellung zu finden. Versteckt in einem kleinen Wäldchen fanden sie schließlich drei unscheinbare Holzbaracken, in denen die Soldaten untergebracht waren. Von der Flakstellung aus sollten feindliche Flugzeuge abgewehrt werden, die von Norden die weiter südlich gelegenen Industrieanlagen in Ludwigshafen und Mannheim zerstören wollten.

Nachdem Luise an eine der Barackentüren geklopft hatte, empfing sie ihr Verehrer freudestrahlend in der geöffneten Tür. Margarete nahm er irritiert zur Kenntnis. Zu dritt gingen sie ein paar Schritte, beobachteten die Enten, die im Altrhein schwammen, und redeten über Belangloses. Margarete störte, das merkte sie sofort. Luise nahm sie kurz zur Seite, Margarete könne doch für eine halbe Stunde spazieren gehen, sie würden sich hier vor den Baracken wieder treffen und dann zusammen den Heimweg antreten, ihr neuer Freund wolle allein mit ihr sein, nur eine halbe Stunde.

Was hätte Margarete entgegnen können? Sie lief Richtung Rhein, sah den Schiffen zu, die vorbeifuhren und spekulierte, woher sie kamen und wohin sie fuhren, so wie sie es früher immer mit Heiner gespielt hatte. Sie ging ein paar Schritte am Ufer entlang. Am Fluss war es noch kühler, als es ohnehin schon war. Margarete fror und sie entschied, dass die halbe Stunde längst vorbei sein müsste. Sie nahm den Weg zurück, sie wollte Luise nicht verpassen, die vermutlich schon auf sie wartete.

Vor den Baracken war niemand. Margarete schaute sich um, ihre Freundin war nicht da. Unter den Wolken dämmerte es, es war schon später Nachmittag. Margarete wollte nach Hause und wenn sie noch lange wartete, wäre es dunkel, das ängstigte sie.

Ein junger Soldat kam den Weg entlang auf die Baracken zu. Er kam wohl gerade von seinem Dienst an der Flak. Er nickte Margarete freundlich zu, war schon fast in seiner Unterkunft verschwunden, als er doch noch kehrt machte und auf Margarete zuging. Ob sie auf jemanden warte, ob er ihr helfen könne? Seine Stimme klang ehrlich, kein bisschen zudringlich. Doch er kam nicht aus der Pfalz, auch nicht aus Hessen, Margarete hörte das sofort, nach seinem Zungenschlag musste er wohl irgendwo aus dem Norden kommen.

Margarete erklärte dem jungen Mann ihre missliche Lage, die Freundin, mit der sie hergekommen sei, sei mit ihrem Freund verschwunden, und sie müsse nach Hause, die Mutter würde sich bestimmt schon Sorgen machen. Der Weg in ihr Dorf sei weit und es werde schon dunkel.

Der junge Soldat stellte sich vor und gab Margarete die Hand. Er heiße Otto und er habe ein Fahrrad, das er ihr ausleihen könne. Ein Fahrrad wäre eine wunderbare Lösung, freute sich Margarete. Doch wie bekäme er es zurück? Otto überlegte nur kurz, am Sonntag sei er in Worms, da habe er frei. Sie könnten sich am Rheinufer treffen bei den Gartenwirtschaften, dort gingen sie immer hin, er und seine Kameraden. Dorthin könne sie ihm das Fahrrad zurückbringen, um zwei Uhr, das sei ihr doch recht?

Natürlich war Margarete einverstanden. Sie würde kommen am Sonntag und ihm sein Fahrrad wiedergeben. Jetzt müsse sie gehen, es werde immer dunkler.

Aber Luise war ja noch da. Margarete schämte sich, dass sie nur an sich dachte, andererseits hatte ihre Freundin sie einigermaßen versetzt. Ich muss meiner Freundin Bescheid sagen, sie sucht mich vielleicht, meinte sie niedergeschlagen. Das könne er erledigen, er würde den Hubert schon finden, der mit Luise zusammen war. Sie brauche sich keine Sorgen zu machen. Erleichtert nahm Margarete das Angebot an. Sie hatte es eilig.

Otto holte das Fahrrad aus einem Schuppen, prüfte die Reifen und pumpte sie noch etwas auf. Margarete konnte es kaum erwarten, loszufahren. Die Luft reicht, meinte sie, bis Sonntag um zwei Uhr. Sie saß schon auf dem Sattel, als sie sich noch einmal zu Otto umdrehte: Ich bin Margarete und vielen Dank für deine Hilfe. Otto winkte überrumpelt hinter ihr her.

Mit dem Fahrrad war sie schnell zu Hause. Sogar das Licht funktionierte. Unterwegs, als der kühle Fahrtwind ihren Kopf und ihre Haare durcheinanderwirbelte, musste sie noch einmal an den jungen Mann denken. War da vielleicht gerade etwas passiert, von dem Luise immer so geschwärmt hatte? Funktionierte das mit einem Blick oder Händedruck? Margarete verscheuchte die seltsamen Gedanken. Hoffentlich war die Mutter nicht böse, dass sie so spät nach Hause kam.

Natürlich hatte sich die Mutter Sorgen gemacht und sie fragte nach, wo das rostige Fahrrad herkäme und ob sie nicht mit Luise zurückgekommen wäre. Margarete musste etwas herumstottern, bis sie ihrer Mutter einigermaßen zufriedenstellend die Situation erklärt hatte. Heiner der im Hintergrund alles mithörte, grinste seine Schwester verschwörerisch an. Schau genau hin, auf wen du dich einlässt, warnte die Mutter ihre Tochter. Damit war die Sache für sie erst einmal erledigt.

Der Sonntag weckte Margarete früher als sonst. Sie war aufgeregt und hatte unruhig geschlafen. Für sie war es keine Frage, dass sie mit dem geliehenen Fahrrad zum vereinbarten Treffpunkt fahren würde. Ob er sie begleiten solle, hatte Heiner frech beim Frühstück gefragt. Margarete streckte ihm die Zunge raus.

Otto war schon in der Gartenwirtschaft am Ufer des Rheins. Margarete hatte ihn schon von Weitem erkannt, als sie die Gruppe von jungen Soldaten an einem Tisch sitzen sah. Er hatte sie auch gesehen, war aufgestanden und auf sie zugekommen. Ob alles in Ordnung gewesen sei mit dem Fahrrad, ob sie gut nach Hause gekommen sei. Der freundliche junge Mann hatte sich wohl wirklich Sorgen gemacht um Margarete.

Ottos Kameraden johlten, pfiffen am Tisch und prosteten dem Paar zu, das da am Ufer stand. Otto bemerkte Margaretes Verlegenheit und schlug vor, dass sie einen kleinen Spaziergang auf der Rheinpromenade machen könnten. Sie willigte gerne ein.

Margarete hatte recht gehabt, der junge Soldat kam nicht aus der Gegend, weit weg, in Westpreußen war seine Heimat. Seine strahlenden

Augen zeigten gleichzeitig etwas Trauriges, das man nur erahnen konnte. Er war nur einen halben Kopf größer als Margarete und schlank. Er gefiel Margarete, höflich und zurückhaltend wie er war. Er erklärte ihr, wie er hier in die Gegend gekommen war, was er zu tun hatte und dass er es bisher ganz gut getroffen hatte mit seinen Einsätzen. Er musste immerhin noch nicht ins Ausland und besonders gefährlich sei es für ihn bisher auch noch nicht gewesen.

Es war Zeit umzukehren. Sie waren weit über den Floßhafen hinaus in südliche Richtung spaziert und beide hatten kaum bemerkt, wie schnell die Zeit vergangen war. Als sie wieder beim Hagendenkmal ankamen, waren Ottos Kameraden schon weitergezogen. Er fragte, ob er Margarete nach Hause begleiten dürfe in das Dorf, das sei die gleiche Richtung zu seiner Unterkunft in Bobenheim. Margarete hatte nichts einzuwenden. Otto nahm sein Fahrrad und schob es. So wanderten sie, wie Margarete früher mit der ganzen Familie, durch die Stadt, an den Feldern und Wiesen vorbei bis in ihr Dorf. Margarete zeigte Otto ihr kleines Haus von der Hauptstraße aus, näher wollte sie ihn noch nicht heranführen. Sie verabschiedeten sich und Otto bestand darauf, dass sie sich wiedersehen sollten. Das Wochenende nach Christi Himmelfahrt, da hätte er frei. Er würde mit dem Fahrrad kommen und sie könnten zusammen einen Ausflug machen, in die Pfalz, da sei er noch nie gewesen, oder wo immer Margarete hinmochte. Margarete konnte zu der neuen Verabredung nicht Nein sagen.

Am Montag begann wie gewohnt die neue Arbeitswoche. Zur Mittagspause stand Luise aufgeregt winkend vor dem Fenster der Schneiderwerkstatt. Sie hatte wohl ein dringendes Bedürfnis sich zu entschuldigen, dachte sich Margarete. Sie legte ihre Arbeit zur Seite und ging nach draußen. Nur wenige Schritte von der Werkstatt entfern fanden sie gleich beim 118er-Denkmal eine Parkbank. Das Wetter war schön. Luise war aufgeregt, sie hatte wirklich ein schlechtes Gewissen und große Angst, Margarete könnte ihr nicht verzeihen, was am ersten Mai passiert war. Tausend Mal entschuldigte sich Luise, die Zeit hätten sie vergessen, Huber sei so liebevoll gewesen, er hätte sogar davon gesprochen, dass er sie heiraten wolle, und wie leid ihr alles tue. Margarete wäre sicher unversöhnlicher gewesen, wenn sie

nicht selbst so viel Aufregendes erlebt hätte am
vergangenen Wochenende, von dem sie Luise unbedingt berichten und ihre Meinung hören
musste. Dazu brauchte sie jetzt ihre Freundin.
Also verzieh sie Luise großzügig, damit sie endlich selbst zu Wort kam.

Luise war erleichtert und staunte nicht
schlecht, dass ihre kleine, schüchterne Margarete
bei einem attraktiven Soldaten offensichtlich Ein-
druck hinterlassen hatte. Natürlich müsse sie ihn
wiedertreffen, doch auch auf Abstand halten, zumindest so lange, bis sie ihn in der Familie vorgestellt hätte und überzeugt sei, dass er es wirklich
ernst meine. Ob sie sich schon sicher sei mit ihm,
ob sie verliebt sei, fragte Luise ihre Freundin.
Margarete konnte ihre Gefühle und ihre Meinung
zu Otto nicht einordnen. Zu neu waren diese Emp-
findungen, die sie seit dem Wochenende bei sich
wahrgenommen hatte. Das wird schon, meinte
Luise, bis Christi Himmelfahrt sind es noch ein
paar Tage.

Den Ausflug mit Otto in die Pfalz konnte Margarete genießen. Die Fahrradtour erinnerte sie an
ihre Kindheit, in der noch alles gestimmt hatte
mit Vater, Mutter und den Kindern. Sie war sich

vorgekommen wie eine Fremdenführerin und fühlte Stolz dabei, Otto all die schönen Orte vorzuführen, die ihr der Vater gezeigt hatte. Otto war hingerissen von der begeisterten jungen Frau.

Im Sommer war es leicht, sich immer wieder neu zu verabreden. Margarete traf sich mit dem jungen Soldaten zu Fahrradausflügen, kleinen Wanderungen und manchmal lud Otto sie für eine Limonade in eine Gartenwirtschaft ein. Otto war, im Unterschied zu Luise, nicht sehr talentiert in leichten Plaudereien. Doch nach und nach gab er ein bisschen mehr von sich preis. Von seiner Heimat und der Landwirtschaft, die sie betrieben hatten, erzählte er. Seine Eltern waren beide früh verstorben, erst die Mutter und schon kurz danach der Vater. Margarete dachte an ihren eigenen Vater, der ihr schon so lange fehlte und dem sie nun diesen jungen Mann nicht vorstellen konnte. Einen jüngeren Bruder hatte Otto, so alt wie Margarete, der sei noch bei seinem Onkel auf dem Hof, doch er fürchte, dass er spätestens nächstes Jahr in die Wehrmacht eingezogen werde.

Margarete war verliebt, sie genoss, wie Otto sich um sie kümmerte und um sie warb. Er war fürsorglich, bedrängte sie nie und hielt sich an alle Vereinbarungen, die sie getroffen hatten.

Der Herbst kam und der Winter. Nicht immer konnten sie sich im Kino treffen. Das kostete Geld und Otto hatte nur seinen spärlichen Sold. Nachdem Margarete den jungen, freundlichen Soldaten ihrer Mutter vorgestellt hatte, durfte er auch zu ihr ins kleine Haus kommen. Sie saßen dann im Wohnzimmer und hörten Radio. Heiner hatte gegen den Verehrer seiner Schwester nichts einzuwenden. Die beiden verstanden sich schnell gut.

Gegen Ende des Jahres wurde es immer schwieriger, sich zu sehen. Der Krieg mischte sich massiv in ihr Leben ein. Otto war unabkömmlich von seiner Flakstellung, Freigang oder gar ein Tag Urlaub waren nur noch selten zu haben. In ganz Deutschland und auch in Worms hatten die Angriffe der Gegner zugenommen, Margarete fürchtete sich vor den alltäglichen Gefahren für ihren Freund Otto.

Im Winter hatte man von der schweren Niederlag einer kompletten Armee in Russland gehört. Plötzlich schien Deutschland nicht mehr unverwundbar und unbesiegbar. Es funktionierte

158

nicht mehr so, wie es der Führer ihnen angekündigt hatte. Alle jubelten aber noch immer lauthals, keiner wollte von Niederlagen hören oder gar darüber reden.

Margarete hätte Otto gerne bei sich gehabt. Er würde sie beschützen und sie hätte Sicherheit, dass ihm nichts passieren würde in diesem endlosen Krieg. Sie stellte sich nun ein gemeinsames Leben mit ihm vor.

Getrennt

An Silvester, als Wunsch zum neuen Jahr, in dem Margarete achtzehn Jahre alt werden würde, hatte Otto sie gefragt, ob sie seine Frau werden wolle. Etwas mehr als ein halbes Jahr kannten sie sich und Ottos Heiratsantrag war für Margarete nicht überraschend. Er hatte schon in dem ein oder anderen Gespräch angedeutet hatte, dass er gern mit ihr zusammen sein wollte. Margarete hatte in diesen Gesprächen deutlich herausgehört, wie sehr Otto sich nach einer eigenen Familie sehnte.

Warum hatte Otto es so eilig? War es, weil er selbst seine Familie so früh verloren hatte und ihm diese Geborgenheit fehlte? Vielleicht dachte er auch daran, wie dieser schreckliche Krieg weitergehen könnte und es keinen einzigen Menschen gab, der sich um ihn sorgte, wenn er nachts an der Flak stand, die Bombenflugzeuge über ihm, bereit zum Abwurf. Eine geliebte Frau zu

Hause, die auf ihn wartete, sie könnte ihm den Mut und die Zuversicht geben, die grausamen Kämpfe auf dem Schlachtfeld durchzustehen, diese Gefahren mit allem Willen zu überleben. Wie auch immer, Ottos Wunsch zu heiraten, war dringend.

Dennoch überraschend war der Heiratsantrag für Margarete, weil sie sich selbst mehr noch als Jugendliche fühlte, denn als erwachsene Frau. Otto war der erste Freund, mit dem sie enger zusammen war. Sie zweifelte, ob sie schon solche schwerwiegenden Entscheidungen treffen könnte. Dazu kam ihre finanzielle Lage: Margarete verdiente in ihrem zweiten Lehrjahr in der Schneiderei gerade mal ein paar Reichsmark im Monat, Otto war Gefreiter und ihm stand nur ein knapper Sold von fünfundzwanzig Reichsmark zur Verfügung. Sicher, er hatte Kost und Logis frei als Wehrmachtsangehöriger. Doch wie sollten sie mit dem winzigen Budget eine gemeinsame Wohnung mieten, geschweige denn eine Familie gründen?

Viel wichtiger war jedoch für Margarete die Tatsache, dass der Krieg ein unglaubliches Ausmaß angenommen hatte. Die fremden Mächte wehrten sich und griffen Deutschland immer heftiger an. War das die Zeit eine Ehe zu schließen und eine Familie zu gründen? Kinder ohne Angst großzuziehen? Sollten sie nicht warten, bis alles vorbei wäre?

Margarete hatte mit ihrer Mutter gesprochen und sich Rat erhofft. Helene hatte seit dem Tod des Vaters ihre Familie durchgebracht. Der kleine Hans ging gerade zur Schule, Heiner und Margarete waren in der Lehre. Sie würde wissen, was zu tun wäre. Otto hatte keinen vertrauten, erwachsenen Ratgeber, der ihm hätte weiterhelfen können. Die Mutter lud ihn zum Abendessen ein und sie besprachen zu dritt, wie die Zukunft des jungen Paares aussehen könnte.

Das Haus der Mutter, das sie mit ihrer bescheidenen Rente und den gelegentlichen Arbeiten auf dem Feld und in der Konservenfabrik weiter abbezahlt hatte, war wenigsten eine Sicherheit, auf die die Familie zurückgreifen konnte. Das kleine Haus bot nicht viel Platz. Trotzdem schlug die Mutter vor, Margarete und Otto könnten zunächst bei ihr wohnen bleiben. Irgendwann sei der Krieg vorbei und Otto könnte sich eine Arbeit in Worms suchen, vielleicht in der

Lederfabrik. Bis dahin würde Hans bei der Mutter im Zimmer schlafen und Heiner könnte sich sein Bett im Wohnzimmer aufschlagen. Das würde gehen. Otto sollte schauen, dass er als verheirateter Soldat das Wohngeld von der Wehrmacht in Anspruch nehmen könnte. So würden sie gemeinsam über die Runden kommen.

Margarete fühlte sich nach diesem ernsten Gespräch verlobt. Ihren achtzehnten Geburtstag erlebte sie in der Gewissheit, dass ihre Hochzeit bevorstand. Der kleine Hans wollte mit ihr spielen wie mit einer großen Schwester und sie selbst fühlte sich nun als eine erwachsene Frau. Sie und Otto mussten die Formalitäten erledigen. Das Aufgebot musste bestellt werden, Otto musste seine Dienststelle um die Heiratserlaubnis bitten und für den Ariernachweis mussten die notwendigen Dokumente herbeigeschafft werden. Otto bat seinen Onkel schriftlich, ihm die Unterlagen zu schicken. Ein kleiner Stolperstein war ihre unterschiedliche Konfession. Der katholische Pfarrer tat sich schwer damit, Margaretes evangelischen Bräutigam zu akzeptieren. Weil es einfacher war und schneller ging, hatte das Brautpaar beschlossen, sich evangelisch trauen zu lassen.

Mit all diesen Fragen sah sich Margarete konfrontiert und war doch gerade selbst noch ein kleines Lehrmädchen, das keine Ahnung vom richtigen Leben hatte. Selbst Luise war überrascht, wie schnell es für Margarete plötzlich ging. Luises Freund Hubert war längst versetzt und hatte nichts mehr von sich hören lassen. Die sonst so erfahrene Freundin war keine Hilfe, wenn Margarete mit ihr über die Hochzeit und die Ehe sprechen wollte.

In dieser aufregenden Zeit suchte Margarete Antworten auf ihre Fragen in den Papieren ihres Vaters. Es war viel Zeit vergangen, seit sie das letzte Mal die Schublade im Wohnzimmerschrank geöffnet hatte. Als sie die Texte las, die sie schon so viele Male gelesen hatte, überkam sie das Gefühl, dass alles neu daran war. Es war beinahe so, als würde sie die Gedichte und die kleinen Geschichten zum ersten Mal lesen.

Margarete verstand schnell, dass diese merkwürdige Veränderung allein an ihr lag. Sie hatte sich verändert, nicht die Texte. Sie hatte neue Wahrnehmungen und neue Ansichten über das Leben. Waren Vaters Geschichten in früheren Zeiten Abenteuer und spannendes Erlebnis, so hörte sie jetzt die bisher verborgenen Wahrheiten heraus, die der Vater für sein Leben gewonnen hatte. Das waren Wahrheiten über das Leben, über die Natur, über seine Mitmenschen und es waren Wahrheiten über die Liebe, die er empfunden hatte.

Vaters Gedanken und Ideen konnten Margarete keine konkreten Antworten liefern auf ihre drängende Fragen: Was ist Liebe und Treue? Zu was ist das Leben gut? Doch die Gedankenwelt des Vaters eröffnete ihr aufs Neue eine Welt jenseits des Krieges, der Bomben und Zerstörung, jenseits der Unmenschlichkeit und der Borniertheit. Diese Aussichten gaben ihr das Vertrauen zurück, dass alles gut werden könnte. Dass ihr zukünftiger Ehemann einmal kein Soldat mehr sein müsste, sondern nur ein Mann, der eine Arbeit hat und sich um seine Frau und seine Familie kümmert. Sie wäre eine Frau, die nicht mehr abends in der Mädelschar Pakete für Soldaten packen müsste, sondern eine Frau, die ihre eigene, kleine Wohnung einrichten würde, am Tag Kleider für die Kinder nähte oder für die Nachbarn Kostüme und Anzüge reparierte und sich ein bisschen dazuverdiente. Abends hätte sie schon das

Essen vorbereitet, wenn Otto von der Arbeit kam. Warum konnte das alles nicht so einfach sein?

Margaretes Vater konnte nicht mehr zu ihr sprechen, ihr einen väterlichen Rat für die Zukunft geben. Doch dieses Fenster in eine andere Welt, das sich öffnete, wenn Margarete seine Poesie und Prosa las, gab ihr Hoffnung, dass es mit ihr und Otto gut werden würde, dass sie das Glück finden könnten.

Über diese tröstlichen Gedanken hinaus gab es etwas von ihrem Vater, an dem sie sich tatsächlich festhalten konnte und das ihr nie verloren gehen würde: sein Ehering. Ihre Mutter war nicht nur einverstanden, sie hatte selbst den Vorschlag gemacht, dass sie diesen Ring zum Goldschmied bringen solle. Er könnte aus diesem Ring und ein paar weiteren Schmuckstücken, die die Mutter aus ihrer Schatulle dazu gab, Eheringe für sie und Otto anfertigen. Sie beide hätten sich das in diesen Zeiten nie leisten können. Diese handfeste Zugabe des Vaters zu ihrer Hochzeit und zu ihrer Ehe mit Otto gab Margarete die letzte Gewissheit, dass es richtig war, was sie tat.

Die Hochzeit war im März. Sie ließen sich in der evangelischen Magnus Kirche in Worms trauen. Margaretes Mutter und ihre beiden Brüder waren dabei, sogar Luise war gekommen. Ottos Onkel, Tante und sein Bruder fehlten zu seinem Bedauern. Der Weg aus Westpreußen war zu weit und mittlerweile zu gefährlich, weil immer wieder gezielt Züge von den feindlichen Flugzeugen angegriffen wurden. Otto hatte zwei Kameraden mitgebracht, die als Trauzeugen dabei waren.

Fast hätte Margarete nicht mehr daran geglaubt, doch sie stand tatsächlich in einem weißen Brautkleid vor dem Altar. Bekleidung und Textilien gab es schon lange nur auf Bezugsschein. So viele Punkte, um ein Kleid im Kaufhaus zu besorgen, hätte Margarete nie ansparen können. Selbst ihre Chefin in der Schneiderei hatte trotz guter Verbindungen keine Möglichkeit, den Stoff für ein Hochzeitskleid zu organisieren. Ottos Kameraden hatten die rettende Idee, als sie auf einem Feld einen verloren gegangenen Fallschirm gefunden hatten. Der war aus dünner, weißer Seide hergestellt. Margarete war Schneiderin und hatte mittlerweile so viel gelernt, dass sie aus der Seide ihr eigenes Hochzeitskleid nähen konnte. Otto hatte sich das sehr gewünscht und niemand störte sich daran, dass der Feind mit seinem

Fallschirm das Material umsonst geliefert hatte. Otto selbst hatte keine Bekleidungsprobleme, war es doch längst zur Pflicht geworden, dass jeder Soldat bei der Hochzeit seine Ausgehuniform tragen musste. Er brauchte sich keinen neuen Anzug zu kaufen.

Die Hochzeitstafel konnte in diesen Kriegszeiten nicht üppig sein. Das, was sie mit den Lebensmittelkarten bekommen konnten, war in den letzten Monaten weiter rationiert worden. Die Mutter hatte sich zum Metzger Hauser gewagt, von Margaretes Heirat erzählt und ihn gefragt, ob er nicht noch ein Stück günstigen Braten in seiner Küche übrighatte. Er gab der Mutter etwas mit, das sie auch bezahlen konnte.

Margarete war jetzt verheiratet und von heute auf morgen eine Frau, die mit Sie angesprochen wurde. Otto konnte noch ein wenig mithelfen, die Zimmer im kleinen Haus der Mutter umzuräumen. Das Kinderzimmer, in dem Margarete so lange mit ihren beiden Brüdern gewohnt und geschlafen hatte, wurde jetzt zu Margaretes kleiner Wohnung für sie und ihren Mann. Sie hatten über ein Inserat ein Ehebett erstanden und im Zimmer aufgebaut. Viel Platz blieb danach nicht mehr übrig in dem kleinen Raum, doch Margarete konnte sich mit Otto zurückziehen. Heiner hatte sein Bett in einer Ecke des Wohnzimmers aufgeschlagen und war damit zufrieden. Am meisten freute sich der kleine Hans, der jetzt im Schlafzimmer der Mutter einziehen durfte. Sie hatten es geschafft, dass es gemütlich blieb im kleinen Haus und jeder seinen Platz darin fand.

Doch kaum waren sie ein Paar, das doch zusammen sein sollte, wurden sie getrennt. Otto musste zu seinen Einsatzzeiten in der Unterkunft bei seiner Flakstellung wohnen. Wenn er Glück hatte, konnte er alle zwei Wochen einmal bei seiner Frau im kleinen Haus übernachten. Die Einsätze wurden häufiger und die Abstände der Freigänge größer. Dann wurde Otto versetzt, erst in die Gegend von Mainz, danach immer weiter weg von seinem neuen Zuhause, tief ins Hessische. Es war schwer für ihn, sich ein paar Urlaubstage für einen Besuch bei seiner Frau genehmigen zu lassen.

So wie Otto die schlimmer werdenden Auswirkungen des Krieges an eigenen Leib zu spüren bekam, so ging es allen Bewohnern des Landes. Die Bombenangriffe der Gegner wurden immer heftiger. Die deutsche Luftwaffe war schon lange unterlegen. Und die Alliierten warfen ihren Bomben Flugblätter hinterher, die man auf den Feldern und Wiesen aufklauben konnte. So lange würden sie kämpfen, bis Deutschland kapitulierte. Diese Ansagen waren deutlich genug und jeder der sie verstehen wollte, verstand sie auch. Das war jetzt der totale Krieg, den Joseph Goebbels angekündigt hatte, nur hatte er es wohl anders gemeint.

Margarete ging weiter ihrer Arbeit nach, kümmerte sich am Abend zusammen mit der Mutter um den Haushalt und schaute sich die Hausaufgaben ihres kleinen Bruders durch. Hans war jetzt in der ersten Klasse. Heiner kam noch später als Margarete aus der Schlosserei, schlang mit großem Hunger das karge Abendessen hinunter und verschwand meistens gleich wieder in seine Gruppenstunde der Hitlerjugend. Die Mutter ging früh ins Bett. Und so saß Margarete im Wohnzimmer, hörte Radio, besserte die Kleidung ihrer Brüder aus und sorgte sich um ihren Mann. Wann könnten sie endlich zusammen sein, wie ein richtiges Ehepaar? Wann konnten sie eine Familie sein? Jetzt waren sie getrennt und

Margarete hatte die Befürchtung, dass es noch
lange so bleiben würde.

Glück im Unglück

Das einsame, triste Jahr ohne ihren Mann nahm Margarete nur widerwillig hin. Otto war irgendwo. Sie wusste nie genau, an welchen Ort es ihn verschlagen hatte und welcher Gefahr er ausgesetzt war. Die Feldpost war nicht zuverlässig und Otto nicht der pünktlichste Briefeschreiber. Die wenigen Urlaubstage, die Otto bei ihr verbringen durfte, reichten kaum dazu, sich alles zu erzählen, was man über Tage und Wochen für sich behalten hatte. Es war schwer genug, diese unausgesprochenen und von Angst erfüllten Gedanken wieder auszugraben, wenn der geliebte Mensch einem gegenübersaß.

Margaretes Mutter war im Haus und verstand, wie sich die Tochter in ihrer Einsamkeit fühlen musste, war sie doch selbst so früh ohne ihren Mann allein zurückgeblieben. Sie war behutsam mit Margarete und versuchte sie mit allerlei Ablenkung auf andere Gedanken zu bringen. Heiner bemühte sich, sie mit Scherzen und viel Optimismus aufzumuntern. Dabei wusste Margarete, dass ihr Bruder selbst in den Nächten unruhig schlief. Er würde bald achtzehn werden und die Einberufung als Soldat stand ihm bevor. Selbst der kleine Hans, der den Ernst der Zeit nicht fassen konnte und oft allein in seinem Spiel versunken war, strengte sich an, seiner großen Schwester Gutes zu tun, wenn er ein Brettspiel auf dem Küchentisch ausbreitete und Margarete einlud, mit ihm eine kleine halbe Stunde Spaß zu haben.

Die Treffen mit Luise in der Mittagspause waren selten geworden. Kein Mensch wollte in diesen nervösen Zeiten, in denen sich die schlechten Nachrichten überschlugen, so tun, als könne man eine Stunde in einem gemütliche Café genießen, während Soldaten an allen Fronten kämpften. Jeder zeigte ein ernstes und sorgenvolles Gesicht, niemandem war zum Lachen zumute.

Margarete wählte eine versteckte Bank im Heyl-Park oder am Kriegerdenkmal, wenn die beiden Freundinnen sich dann doch einmal trafen. Oft waren die Gespräche, die sie führten, wenig erbaulich. Luise hatte Schwerstarbeit im

Krankenhaus zu verrichten, weil immer mehr Verletzte eingeliefert wurden. Von Ihrem Bruder an der Ostfront hatte sie noch immer nichts gehört. Margarete musste bei den Berichten ihrer Freundin an Otto denken, von dem sie ebenfalls nicht wusste, wie es ihm ging.

Soweit Margarete es überblicken konnte, lebten alle Menschen ihrer Umgebung mittlerweile in dieser besorgten Ungewissheit. Nirgendwo gab es ein Zeichen darauf, dass der Krieg und die Bedrohungen ein Ende finden könnten. Im Gegenteil, die Führer des Landes sprachen von heldenhaften Taten der Soldaten und verglichen ihren Kampf mit dem vermeintlichen Heldenmut der Nibelungen. Margarete wusste von den Erzählungen ihres Vaters, dass die Ritter des Nibelungenhofs gnaden- und gedankenlos untergegangen waren und das gleiche Schicksal drohte jetzt den deutschen Wehrmachtssoldaten. Wie traurig und elend waren diese Vorstellungen, wenn Menschen ihre Ehemänner, Brüder und Söhne genau auf diesen Schlachtfeldern wussten, die nun offenbar vom Gegner überrannt wurden und verloren waren.

Der Herbst kam und der trübe, kalte November und in dieser finsteren Zeit erhellte ein winziges Licht das kleine Haus im Dorf. Margarete hatte es geahnt, nicht aber so schnell damit gerechnet. Nachdem ihre Regel schon einige Wochen überfällig war, hatte sie sich der Mutter anvertraut. Sie hatte ihr von ihrem morgendlichen Unwohlsein und von ihrem Heißhunger berichtet. Für Helene war sehr schnell klar: Margarete war schwanger. Es dauerte einen Moment, bis Margarete diese eindeutige Diagnose der Mutter innerlich annehmen konnte. Wie sollte sie, die gerade ihre Jugend hinter sich gelassen hatte, jetzt dafür sorgen, dass ein neues Menschenleben die Welt betreten durfte? Margarete war nicht groß und zart und zerbrechlich. Wie konnte sie diesem winzigen Wesen Platz und Geborgenheit bieten, damit es in der unwirtlichen Welt bestehen konnte? Doch ihre Freude überwog schnell die Zweifel. Margaretes Mutter bestärkte ihre Tochter und sprach ihr Mut zu. Das alles habe schon seine Richtigkeit, sie würde Mutter werden wie schon Billionen Frauen zuvor.

Helene würde Großmutter werden, mit nicht einmal vierzig Jahren und mit einem eigenen

Kind, das gerade in die Schule gekommen war. Heiner, der zukünftige Onkel, dachte sich schon Namen aus für den neuen Erdenbewohner. Und als Margarete ihrem Mann beim nächsten Heimaturlaub die Neuigkeit mitteilte, war Otto erst einmal sprachlos und musste tief Luft holen. Sicher, er wollte eine eigene Familie. Doch dort, wo er herkam, von einem Einsatzort irgendwo in Deutschland, da ging es darum, Menschenleben zu vernichten. Tagtäglich mussten sie an ihrer Flak damit rechnen, dass sie den feindlichen Bomber abschossen, der am Himmel über Dörfer und Städte flog und seinerseits mit Bomben auf Menschenleben zielte. Was mit den Piloten und Co-Piloten passierte, wenn das Flugzeug auf die Erde stürzte, wollte Otto sich nicht ausmalen. Die lauernden Bilder in seinem Kopf hatte er in seinen tiefsten Gedankenkeller verbannt. Und jetzt kam seine Frau, lachte und wollte, dass auch er sich freute, wenn sie von einem neuen Leben erzählte. Er freute sich, natürlich freute er sich und er nahm seine Frau in den Arm und drückte sie fest an sich. Die Gedankenschwärze, die ihn für eine Minute hatte zögern lassen, musste er dennoch ertragen. Das war die Wirklichkeit.

Otto stand schon am nächsten Tag in der kleinen Werkstatt von Margaretes Großmutter, nur zwei Häuser entfernt vom kleinen Haus. Dort war Jakob, Margaretes Vater aufgewachsen. Margarete hatte ihn fast ausgelacht, als er am Morgen verkündet hatte, was er plante: Er wollte eine Wiege bauen für sein Kind. Das sei doch noch viel zu früh, hatte Margarete abgewunken. Otto ließ sich nicht abhalten von seinem Plan, die Zeit verging schnell, man wisse nie, wie oft er noch aus dem Heimaturlaub kommen könne, jetzt habe er Zeit. Margarete hatte ein Einsehen und hielt Otto nicht zurück, brachte irgendwann ein belegtes Brot und eine Flasche Bier in die Werkstatt und lobte ihren Mann für seine Arbeit.

Otto hatte recht, es waren immer weniger Tage, die er bei seiner Frau im kleinen Haus verbringen durfte. Die Urlaube in seiner Truppe wurden zusammengestrichen. Margarete musste das, was an neuen Aufgaben nun anstand, selbst in die Hand nehmen. Natürlich half dabei die Ruhe und Erfahrung der Mutter. Helene hatte alte Kleiderkisten vom Dachboden heruntergeholt und zusammen mit Margarete schauten sie die Stücke an, die die Mutter von ihren Kindern aufbewahrt hatte. Sie sortierten, besserten aus und verstauten das Brauchbare in der kleinen Kommode in Margaretes Schlafzimmer.

Die Nachbarn wussten bald Bescheid über Margaretes Zustand, es war nicht mehr zu übersehen, dass ihr Bauch wuchs. Sie boten alte Kinderkleider, Bettwäsche oder Spielzeug an. Sie kannten die, der sie ihre Geschenke oder Leihgaben überließen, Jakobs Tochter war es und Jakob hatten sie in guter Erinnerung, auch wenn es schon lange her war, dass er gestorben war.

Es war erstaunlich, was sich in Margaretes kleiner Kommode angesammelt hatte. Eigentlich gaben die Menschen in diesen Zeiten nichts mehr her. Jeder Fetzen Stoff wurde wiederverwertet, repariert, solange es ging, in Truhen aufbewahrt, wenn sich nicht gleich eine Verwendung anbot, aber niemals hergegeben!

Die Menschen waren verschlossen, die Gefahr war zu groß, dass man sich bei einem Gespräch auf der Straße oder im Geschäft verplapperte. Schnell war man denunziert und am nächsten Tag vom Polizeiposten verwarnt und auf einer Liste potenzieller Regierungsgegner notiert. Also schwieg man besser.

Viele der Kleidergeschenke wurden manchmal einfach vor dem Tor des kleinen Hauses abgestellt. Der Nachbar, der das Paket brachte, wollte nicht reden und keinen Dank hören. Immerhin war oft ein kleiner Zettel dabei: für Margarete, stand darauf, für den Nachwuchs oder für Jakobs Enkel und herzliche Grüße.

Über diese stillen Wege hatte Margarete jetzt Kleider und Stoff für ihr Kind. Das, was fehlte, konnte sie selbst nähen. Die zukünftige Mutter war ausgestattet.

Voller Stolz präsentierte Margarete Otto die gefüllten Schubladen und Fächer der Kinderkommode, wenn er dann doch wieder einmal zu Hause war. Otto seinerseits verschwieg das, was er selbst an der Flak und an seinem Einsatzort erlebte. Er wollte seine Frau nicht beunruhigen und ihr die Freude lassen, die sie bei der Ausstattung des Babys offensichtlich hatte. Dabei spürte Margarete selbst, dass alles schlimmer wurde, die Sirenen öfter und lauter heulten als in früheren Zeiten und dass es Tote gab nach den Bombardements. Der Krieg ließ sich nicht mehr verschweigen oder schönreden. Selbst die größten Dorfhelden der Nationalsozialisten waren stiller geworden und brüllten nur noch selten ihre Durchhalteparolen durch die Lautsprecher ihrer Propagandafahrzeuge. Und keiner der beiden, Margarete und Otto, wollte den anderen ängstigen oder in Sorgen zurücklassen, wenn der Heimaturlaub zu Ende war. Sie sprachen nicht über Eventualitäten und was alles passieren könnte. Sie mieden diese Themen. So redete also Margarete über die Babyausstattung und über ihr Kind und Otto überlegte, wie sein Sohn oder seine Tochter heißen sollte, über den nächsten Urlaub und wie glücklich er wäre, wenn alles gut ging.

Und es ging auch gut, in vieler Hinsicht. Ihr Kind wuchs in ihrem Bauch, sie selbst hatte die üblichen Beschwerden, die jede Mutter hatte, wenn der Bauch zum Ballon anschwoll, aber es war eine friedliche Schwangerschaft.

Dafür ging es Heiner nicht gut. Er war missmutig, wenn er aus seiner Gruppenstunde der Hitlerjugend nach Hause kam. Wenn Margarete ihn auf seine Laune ansprach, wiegelte er ab, alles sei gut, meinte er lapidar. Doch Margarete ahnte, dass Heiner sich in diesem Jahr überhaupt nicht auf seinen Geburtstag freute. Er wurde achtzehn im Dezember. Margarete wusste, was das hieß. Die Einberufung stand ihrem Bruder bevor.

Heiner war die ganzen Jahre regelmäßig zu den Treffen der Hitlerjugend gegangen, nie hatte er eines versäumt, auch nicht die Wochenendeinsätze oder mehrtägigen Zeltlager. Er war stolz gewesen auf seine Kameraden und auf das, was sie alles für den Führer taten. Er liebte das Abenteuer und ein Held wollte er auf jeden Fall sein. Sich für den Führer und das Vaterland aufopfern, davon hatte er geschwärmt, wenn nach Hause kam.

Seiner Mutter hatte das Sorgen gemacht und auch Margarete war zumindest irritiert gewesen von Heiners Soldateneifer und Patriotengehabe. Und nun, da ihm der Einsatz in der Wehrmacht immer näher rückte, war er schweigsamer und nachdenklicher geworden.

Nie wäre Heiner von seinen Bekenntnissen abgerückt, auch nicht vor seiner Mutter oder vor seiner großen Schwester. Doch Helene wusste es und Margarete ahnte es immerhin. Da war so viel von seinem Vater in Heiner, das bisher schlummerte, das Heiner selbst nicht wahrhaben wollte, sich aber allmählich und stetig durchsetzen wollte: Die Nachdenklichkeit und Besonnenheit des Vaters, sein Humor und seine Menschenliebe, seine Zuversicht, seine Verbundenheit mit der Natur und der ganzen Welt. Das alles strahlte aus Heiners Augen, wenn man hineinblicken durfte.

Für die Mutter machte das die Angelegenheit doppelt schwer. Heiner wollte sein Gesicht nicht verlieren und die Mutter wusste, dass er sich fürchtete, dass er Angst hatte. Er wollte nicht dorthin, wohin sie ihn als Soldat schicken würden, und er wollte nicht das tun, was sie von einem deutschen Wehrmachtssoldaten erwarteten. Doch wie könnte er es verhindern? Er wäre ein Feigling vor seinen Kameraden, vor seiner Familie, vor den Bewohnern im Dorf. Das sollte nie passieren! Dafür hatten sie ihn nicht seit seiner Kindheit in der Hitlerjugend erzogen. Die Deutschtümelei saß zu fest in ihm drin. Die Mutter und auch Margarete waren dazu gezwungen, ihren Sohn und Bruder so hinzunehmen. Sie hätten ihn niemals beschützen oder sogar zurückhalten können. So ertrug die Familie Heiners inneren Zwist, den er selbst am allerwenigsten verstand.

Bombenalarme,   Lebensmittelrationierungen, Durchhalteparolen im Volksempfänger und aus den Lautsprechwagen: Das waren die Begleiter von Margaretes Schwangerschaft in den letzten Wochen vor der Geburt ihres Kindes. Das Frühjahr war noch angenehm gewesen, doch der sich ankündigende Sommer mit seiner Schwüle und Hitze machten jede körperliche Betätigung der hochschwangeren Margarete doppelt schwer. Die Mutter tröstete sie, bald sei sie erlöst, der Geburtstermin sei nicht mehr weit.

Im Dorf und auch in der Stadt in Worms hatte man bemerkt, dass die Kriegssituation sich verändert hatte. Tröpfchenweise, so schien es, und von vielen noch unbemerkt zogen Flüchtlingsfamilien aus dem Osten Deutschlands in die Gegend. Man tuschelte, dass die Rote Armee schon an der Ostgrenze des Deutschen Reichs stand. Die ankommenden Flüchtlinge berichteten von heftigen Kämpfen. Sie wurden schnell einquartiert und aus dem Stadtbild entfernt. Solche defätistischen Nachrichten wollte man nicht hören.

Am neunten Juni war es dann so weit. Die ersten, noch unregelmäßigen Wehen setzten bei

Margarete ein. Es waren ungewöhnliche Schmerzen für sie, doch die Mutter wusste Bescheid und konnte ihre Tochter beruhigen. Es war Freitag, das Wochenende stand bevor und die Mutter wollte kein Risiko eingehen: Sie nahm den kleinen Hans an der Hand und zusammen mit der geplagten Tochter machten sie sich auf den beschwerlichen Weg zum Martinsstift in Worms. Sie brauchten gut eine dreiviertel Stunde bis in die Stadt, denn Margarete benötigte unterwegs immer wieder eine kurze Atempause. Katholische Schwestern in ihren Nonnengewändern versorgten die Ankömmlinge in der Geburtsklinik. Margarete konnte zumindest so weit beruhigt sein, dass sie hier in Sicherheit und medizinisch versorgt war. Otto, der werdende Vater, war per Telegramm informiert, konnte aber nicht bei seiner Frau sein. Er war weit weg, im Einsatz, so schnell hätte er gar nicht kommen können. Die Nacht über zierte sich das Baby noch, doch am nächsten Vormittag erblickte Margaretes erstes Kind, ihre Tochter, das strahlende Sommerlicht der Welt. Margarete war glücklich, ihr Samstagskind war gesund, ihr selbst ging es gut und alle Schmerzen und Anstrengungen waren schnell vergessen. Die

Mutter, und ab nun auch Großmutter, war am Morgen mit Hans in die Klinik gekommen und begrüßten das neue Mitglied der Familie.

Doch als sollte diese neue Erdenbewohnerin vom ersten Tag an wissen, in welche Welt sie geboren war, dröhnten am Abend dieses strahlenden Geburtstags die Sirenen. Die Schwestern liefen hektisch durch die Zimmer und riefen die Patienten zur Flucht in die Schutzräume. Jeder, der auf eigenen Füßen stehen konnte, musste sich um sich selbst kümmern. Margarete packte ihre kleine Tochter in Decken, zog sich selbst eine dünne Jacke über das Nachthemd und zusammen folgten sie den anderen Patienten in den Keller. Die erste Nacht ihres Lebens verbrachte die Neugeborene in einem fast dunklen, muffigen Raum ohne Fenster, fest im Arm ihrer jungen Mutter, die sich fürchtete vor den Sirenen und Bomben und donnernden Einschlägen. Zusammen mit den anderen Menschen im Luftschutzkeller hatten sie Angst um ihr Leben.

Das Ende des Krieges

Otto hatte es tatsächlich geschafft und konnte seine Vorgesetzten noch einmal erweichen, ihm einen Sonderurlaub zu genehmigen. Er war in den Zug gestiegen, stand mit ihm auf den Gleisen in irgendeiner Landschaft, da feindliche Angriffe abgewartet werden mussten, stieg von dem einen in den nächsten Zug und brauchte einen ganzen Tag, bis er von Nordhessen im Wormser Hauptbahnhof ankam. Im schnellen Fußmarsch lief er zum kleinen Haus im Dorf. Margarete und das Neugeborene, seine Tochter, waren längst zu Hause, zurück vom Krankenhaus. Mutter und Kind ging es gut, sie hatten die angsterfüllten Nächte im Keller der Geburtsklinik überstanden.

Otto hob seine Tochter in die Luft, voller Stolz. Er war jetzt Vater. Vom ersten Moment an nahm er sich vor, alles für sein Kind zu tun, damit es behütet heranwachsen konnte, dass es glücklich werden und diese schlimmen Zeiten überleben sollte. Doch er wusste auch, dass er in vier Tagen schon wieder an seiner Flak stehen musste, um feindliche Flugzeuge zu bekämpfen. Das Ohnmachtsgefühl, nicht an der Seite seiner Tochter und seiner Frau sein zu dürfen, machte ihn niedergeschlagen und wütend. Was hätte er an dieser Situation ändern können?

Die Aufgabe, das kleine Wesen, das von den Sorgen seiner Eltern nichts ahnte, zu behüten, zu ernähren und es mit Lebensfreude zu versorgen, lag jetzt bei Margarete. Sie wusste es und sie wusste, dass ihr Mann ihr würde wenig helfen können. Dabei hatte sie doch selbst so viel Angst. Sie hatte ihre Mutter an ihrer Seite und ihren Bruder, der sie, wo es ging, unterstützte. Selbst der kleine Hans merkte, dass er gebraucht wurde und dass er nun zurückstehen musste, weil das kleine Baby jetzt im Mittelpunkt stand. Geduldig und behutsam bemühte er sich um das kleine Mädchen, seine Nichte.

Margarete und Otto hatten lange überlegt, wie ihre Tochter heißen sollte. Margarete dachte gerne an die Namen ihrer eigenen Eltern und ihrer Brüder. Ob es Zufall war, dass diese Namen aus hebräischer und antiker Tradition stammten?

Ihr gefielen diese Namen aus dem christlichen Umfeld. Otto hatte andere Vorstellungen. Ihm lagen die althochdeutschen, germanischen und mystischen Traditionen näher, entsprachen sie doch auch eher dem Zeitgeist. Die Eltern einigten sich schließlich und tauften ihr Kind Brigitte. In dieser Zeit des Chaos und der Bedrohung sollte ihre Tochter „die Strahlende" sein und „die Starke". Brigitte sollte ihre Hoffnung und Zuversicht sein, dass alles besser werde, und sie daran erinnern, dass es Stärke, brauchte, um die Katastrophe zu überstehen.

Die Rote Armee rückte an der Ostgrenze des Deutschen Reiches immer weiter vor. Flüchtlingstrecks aus Ost- und Westpreußen zogen in die Mitte Deutschlands. Die Amerikaner hatten es zusammen mit den Engländern geschafft, die westliche Küste Frankreichs zu erobern und waren auf dem Vormarsch nach Deutschland. Das Deutsche Reich war jetzt von allen Seiten bedroht und jedem, der denken konnte, war klar, dass es nur noch eine Frage der Zeit war, bis die Gegner das Land besetzen würden.

Margarete musste ohne ihren Mann zurechtkommen. Das Kind bekam seinen Vater kaum zu

Gesicht, weil er nicht zu Hause war, sondern im Krieg. Er war Soldat und die Wehrmacht setzte alle ihre vorhandenen Kräfte daran, das drohende Unheil noch abzuwenden.

Heiner war einberufen worden. Die Einberufungsstelle hatte noch nicht einmal seinen achtzehnten Geburtstag abgewartet. Die Armee brauchte jeden einsatzfähigen Mann. Margarete verabschiedete sich mit Tränen von ihrem Bruder, Helene hielt ihren großen Sohn lange in ihren Armen. Heiner versprach, dass er wiederkommen würde. Margarete wusste, dass ein solches Versprechen keinen großen Wert hatte. Als sie Anfang des Herbstes Luise wiedergesehen hatte, musste sie von ihr hören, dass ihr Bruder an der Ostfront gefallen war. Luise hatte geweint, Margarete konnte sie nicht trösten.

Anfang Dezember kam Otto für einen letzten Heimaturlaub ins kleine Haus. Ganze acht Tage hatten sie ihm genehmigt. Es war fast wie verspätete Flitterwochen. Der Vater kümmerte sich um Brigitte, packte sie in Decken und in den Kinderwagen und spazierte mit ihr durchs Dorf, so, wie es Jakob vor langer Zeit mit seiner Tochter getan hatte. Otto war stolz, seine Tochter den Nachbarn zeigen zu können und obwohl es schon kalt war, blieb er stehen und redete mit denen, die reden wollten, über den Krieg und die Zukunftsaussichten.

Margarete genoss diese Tage mit ihrem Mann. Sie hatte keine Angst, wenn er da war, und sie freute sich über jede Minute, die Otto mit seiner Tochter verbrachte. Margarete ahnte noch nicht, dass diese gemeinsamen Tage im kalten Dezember für lange Zeit die letzten Tage waren, die sie zusammen waren. Otto hatte vor seiner Abfahrt in die Kaserne erzählt, dass seine Abteilung verlegt werden sollte. Wohin, wusste er nicht. Er würde schreiben. Erst ein Jahr später kam Otto wieder ins kleine Haus.

Für diese lange Zeit wusste Margarete nicht, ob ihr Mann gefangen oder verletzt war, wusste nicht, wo er war, und wusste nicht, ob er noch lebte. Die vielen Tage ohne Nachricht von ihm waren unerträglich.

Die beiden Frauen, das Mädchen und der Junge, vier Menschen aus drei Generationen, waren jetzt allein im kleinen Haus. Hans, der kleine Bruder und Sohn, war trotz allem noch ein Kind, das Angst hatte vor den Sirenen und dröhnenden

Flugzeugen. Er zeigte diese Angst nur selten, weil er groß und stark sein wollte, der Mann im Haus. Margarete ahnte, was in ihm vorging, wenn sie ihn nachts wecken musste, dass er sich anzog und mit ihr und dem Baby und seiner Mutter zum Nachbarn in den Keller flüchteten, bis es Entwarnung gab. Er hätte gern geweint, doch er unterdrückte die Tränen.

Im neuen Jahr ging die Familie mit Kleidern ins Bett. Der Luftalarm kam fast jede Nacht und sich in den verdunkelten Zimmern anziehen zu müssen, verzögerte nur ihre Flucht in den Schutzraum. Wenn Margarete es richtig überlegte, war eigentlich keiner der Keller ihrer Nachbarn wirklich sicher. Ein Bombeneinschlag wäre nicht folgenlos geblieben. Sie taten das alles für ein Gefühl der Sicherheit und weil es die anderen auch taten.

Wenn Margarete ihr Baby einpackte, das bereitgestellte Fläschchen mit Milch in die Tasche steckte, sich selbst den warmen Mantel überzog und schaute, dass auch Hans etwas zu trinken dabei und den dicken Pullover übergezogen hatte, dache sie an den Inhalt der Schublade im Wohnzimmerschrank. Es war nicht ausgeschlossen, dass ihr kleines Haus einmal von einer Bombe zerstört werden würde. Ein Feuer könnte es niederbrennen. Was wäre dann mit Vaters Papieren, mit seinen Gedichten und Geschichten? Sie könnten unwiederbringlich verloren sein. Jedes Mal, wenn Margarete so dachte, nahm sie sich vor, am nächsten Tag nach den Dokumenten zu schauen. Sie könnte sie in eine große, wasserdichte Blechdose stecken und im Garten vergraben. Oder sie könnte sich einen anderen geheimen Ort aussuchen, an dem sie das Papierbündel sicher aufbewahren würde. Doch am nächsten Tag hatte sie das alles wieder vergessen, weil sie sich um ihr Kind, um Hans oder um den Haushalt kümmern musste. Nachts, im Luftschutzkeller des Nachbarn, fiel es ihr wieder ein und sie hoffte, dass ihr kleines Haus verschont bleiben würde.

Es ging auf den Februar zu, ihren Geburtstagsmonat, als Margarete das sichere Gefühl verspürte, dass sich ein neues Leben in ihrem Bauch ankündigte. Ihr war am Morgen schlecht und sie hatte Hunger nach allem, was ihr an Essbarem unterkam. Das war leider wenig, es war nichts mehr im Haus, das sie hätte verschlingen können. Ihre Mutter sah ihr die körperlichen Veränderungen sofort an. Brigitte war sieben Monate alt, robbte auf dem Boden und brabbelte unverständliche Laute vor sich hin, ihr Mann war weit weg und der Krieg nahm immer mehr Besitz von ihrem Dorf und ihrem Leben. Durfte sie sich trotzdem auf ihr zweites Kind freuen?

Sie schickte Otto einen Brief mit den Neuigkeiten an die ihr zuletzt bekannte Adresse. Ob diese Botschaft ihren Mann jemals erreichen würde, war ungewiss. Sie wollte es trotzdem zumindest versuchen, ihre Schwangerschaft mit ihm zu teilen.

An ihrem zwanzigsten Geburtstag war es Margarete nicht zum Feiern zumute. Ihre Mutter hatte ihr eine Kerze auf den Tisch gestellt. Zusammen mit Hans hatte sie zum sparsamen Frühstück ein Geburtstagslied gesungen. Das war dann schon die Geburtstagsfeier. Von Otto hatte sie keine Nachricht. Ihr fiel Luise ein, die so lange von ihrem Bruder nichts gehört hatte, bis die Todesnachricht eingetroffen war. Würde sie zwei Kinder allein großziehen müssen, von denen das eine seinen Vater noch nicht einmal kennenlernen durfte? Solche Gedanken beunruhigten Margarete und zusammen mit den Bombennächten fand sie immer seltener in den Schlaf.

Nur wenige Tage nach ihrem Geburtstag sickerten die Nachrichten bis ins Dorf und in das kleine Haus. Die Briten standen am Niederrhein und die Amerikaner hatten Frankreich von den Deutschen zurückerobert und befreit. Dresden sei angegriffen worden. Britische Flugzeuge hätten die Stadt mit ihren Bomben zerstört und zehntausende Menschen, Bewohner der Stadt und Flüchtlingen aus dem Osten, hätten ihr Leben verloren. Margarete wollte sich das nicht für die Stadt Worms und ihr Dorf vorstellen. Doch wenn sie auch nur geahnt hätte, dass Otto in dieser Bombennacht in Dresden vor Ort war, weil er mit seiner Truppe die Stadt verteidigen sollte, hätte sie wohl alle Hoffnung aufgegeben, ihn lebend wiederzusehen. Sie wusste und ahnte es nicht, erfuhr es erst viel später. Sie hatte immer noch keine Nachricht von ihrem Mann.

Doch die Katastrophe erlebte Worms nur wenige Tage nach den Ereignissen in Dresden. Britische Flugzeuge attackierten die Innenstadt und die Lederwerke Heyl. In dieser Nacht sollte kein Bewohner der Stadt zur Ruhe kommen. Man sah die Feuerstürme und die Rauchwolken der Zerstörung bis in Margaretes Dorf. Alle

Feuerwehreinsätze und Rettungsversuche waren vergeblich. Wohnhäuser und Fabrikgebäude fielen zu Geröllhaufen zusammen, hunderte Menschen starben in dieser Nacht. Es hätte auch die Familie im kleinen Haus treffen können. Margarete dachte an Luise, die in der Stadt wohnte und im Krankenhaus arbeitete. Ob sie unversehrt geblieben war?

Doch das war noch nicht das Ende. Nur vier Wochen später, als gebe es noch etwas zu zerstören in der Geröllwüste von Worms, flogen am helllichten Tag amerikanische Bomber über die Stadt und zerstörten das, was vom ersten Angriff der Briten noch übriggeblieben war. Die Nachrichten verbreiteten sich wie das Feuer und die Staubwolken in der Stadt. Der Dom, der Blickfang und das Wahrzeichen der Stadt, war im Rauch und Staub der explodierenden Bomben nicht mehr zu sehen, als hätte er sich in Luft aufgelöst, als wäre er in einem tiefen Schlund der Erde verschwunden. Für alle Menschen in Worms und in den Dörfern außerhalb der Stadt war der Krieg damit zu Ende. Von diesem Inferno würde sich niemand mehr erholen, geschweige denn in der

Lage sein, noch Widerstand zu leisten gegen die alliierte Übermacht.

Und dieses Ende spürten sie deutlich in ihrem Dorf und in ihrem kleinen Haus. Als hätten die Amerikaner mit ihren Flugzeugen das Feld geräumt, kamen Tage später die amerikanischen Bodentruppen mit ihren Panzern und schweren Fahrzeugen in die Stadt und in die Dörfer ringsum. Die Bewohner hatten ihre Hakenkreuzfahnen längst abgehängt, versteckt oder verbrannt. Jetzt hatten sie weiße Bettlaken in ihren Toren und Fenstern gehisst.

Helene war dem Beispiel der Nachbarn gefolgt und hatte so wie sie ein weißes Tuch an ihren Fensterladen zur Straße gehängt. Ihnen würde nichts passieren, zwei Frauen, eine davon schwanger, und zwei unschuldige Kinder wären nicht gefährlich für die Eroberer Deutschlands. Oder waren es die Befreier?

Doch bisher hätte niemand im Dorf die amerikanischen Soldaten als neue Freunde oder gar Erlöser bejubelt. Margarete hatte so weit noch nicht gedacht. Zuerst einmal waren sie Feinde und eine Bedrohung und machten ihr Angst.

Würden sie sich rächen, für das, was ihnen widerfahren war?

Sie waren hart und unbarmherzig, als sie in die Straßen und Gassen ihres Dorfes kamen. Auch von zwei Frauen mit ihren Kindern ließen sie sich nicht beeindrucken. Der Befehl des amerikanischen Offiziers in gebrochenem Deutsch war unmissverständlich: Helene und Margarete und ihre Kinder mussten das kleine Haus verlassen, die Soldaten quartierten sich dort ein.

Mit jeweils einem kleinen Koffer, bepackt mit dem Allernotwendigsten, verließ die Familie das kleine Haus und machte sich auf den Weg zu Gustav. Er war ein alter Klassenkamerad von Helene und ein guter Freund Jakobs. Sie durften bei ihm im Haus unterkommen, im Zimmer seines Sohnes, der immer noch im Krieg war. Die beiden Frauen waren froh und dankbar für diese Hilfe.

In ihrer Straße standen die schweren Geschütze. Offenbar rechneten die Amerikaner immer noch mit Widerstand der Wehrmacht und der Nationalsozialisten. Deutschland war noch nicht endgültig besiegt.

Helene und Margarete, Hans und Brigitte hatten ein Dach über dem Kopf. Sie hatten Glück.

Tausende Wormser Bürger waren obdachlos, ihre Häuser und Wohnungen bis auf die Grundmauern zerstört. Sie mussten schauen, wo sie unterkamen. Immerhin waren die Bombennächte vorbei und man konnte in der Nacht schlafen, wenn nicht andere Sorgen einem den Schlaf raubten.

Doch was war mit Otto und Heiner? Die Feldpost funktionierte schon lange nicht mehr. Helene und Margarete konnten nur beten, dass ihre Männer die Katastrophe dieses von Deutschland angezettelten Krieges überlebten.

Ein paar lange Wochen musste sich die Familie sehr einschränken und still gedulden, bis alles vorbei war. Helene, Hans, Margarete und Brigitte wohnten beengt in einem kleinen Zimmer in Gustavs Haus. Sie verließen es nur, wenn es unbedingt notwendig war. Gustav und seine Frau waren freundlich und sorgten für sie so weit es ihnen möglich war. Das war in diesen Zeiten nicht selbstverständlich.

Am ersten Mai, der Jahrestag, an den sich Margarete wehmütig erinnerte, weil sie an diesem Tag Otto kennengelernt hatte, verbreitete sich die erlösende Nachricht von Hitlers Tod.

Margarete empfand Erleichterung, wie sicherlich viele andere, doch niemand rannte jubelnd auf die Straße und feierte lauthals das Ende des Diktators oder begrüßte die Freiheit. Die Menschen waren in diesen zwölf Jahren der diktatorischen Herrschaft der Nationalsozialisten stumpf geworden. Sie hatten offenbar nie gelernt und nie gewusst, was Freiheit war und Eigenverantwortung. Und das Schlimme war, dass sie ohne die geringsten Skrupel einem brutalen und Menschen verachtenden Diktator hinterhergelaufen waren und sich mit ihm gemein gemacht hatten. Und jetzt waren eben statt Hitler die Amerikaner die neuen Herrscher in Deutschland.

Am achten Mai war alles offiziell zu Ende. Deutschland hatte, ohne eine Bedingungen stellen zu dürfen, kapituliert. Der Krieg Deutschlands gegen den Rest der Welt war vorbei.

Dieses Ende spürte man schnell. Die schweren und bedrohlichen Geschütze der Amerikaner zogen sich aus den engen Gassen des Dorfes zurück in die Kasernen. Die Jeeps mit uniformierten Militärpolizisten, das Maschinengewehr im Anschlag, patrouillierten weiterhin regelmäßig die Straßen. Doch die Männer im Fahrzeug lächelten und verteilten Kaugummis und Schokolade an die, die sich an die Fahrzeuge herantrauten, und das waren zuallererst die Kinder.

Die Versorgungslage war dagegen nicht besser geworden. Gustav und seine Frau lebten von ihren Vorräten aus dem Keller und teilten mit ihren Notgästen. Mit den Lebensmittelkarten bekam man vielleicht ein wenig Maismehl oder ein paar kleine Fische aus dem Rhein. Hans hatte am meisten Hunger, er wuchs und wurde zu einem Jungen. Die Erwachsenen hatten sich an das Hungern gewöhnt. Dabei musste Margarete doch für zwei sorgen, ihr Baby im Bauch wollte ebenfalls wachsen, egal wie draußen in der Welt die politische Lage war.

Ende Mai kam Gustav aufgeregt aus dem Dorf zurück. Die amerikanischen Soldaten würden das Dorf verlassen und weiterziehen, nur die Militärpolizei würde bleiben. Ihr kleines Haus würde wieder frei werden, die Soldaten seien bereits mit ihrem Gepäck ausgezogen. Helene machte sich zuerst auf den Weg. Beim Polizeiposten sprach sie vor und fragte nach, ob sie wieder in ihr Haus zurückkönnte. Der deutsche Polizist beriet sich im Büro mit seinem amerikanischen

Vorgesetzten. Das dauerte eine Weile, doch dann kam der erlösende Bescheid, dass Helenes kleines Haus ihr wieder zur Verfügung stand.

Margarete, Brigitte, Helene und Hans verstauten ihre wenigen Dinge in Gustavs Leiterwagen und zogen sofort los, nachdem sie sich bei Gustav bedankt hatten. Ihr kleines Haus stand noch so, wie sie es verlassen hatten, als wäre nichts passiert. Die Scharniere des großen Tors zum Hof hatten die Soldaten offenbar geölt. Es ließ sich leichter öffnen, als es Margarete in Erinnerung hatte. Die Räume hatten einen anderen Geruch angenommen. Es roch nach Tabak und vergossenem Wein. Abfälle hatten die amerikanischen Männer in die Regentonne im Hof gesteckt, sie quoll fast über. Die Zimmer waren gefegt. Sie würden trotzdem putzen müssen.

Margarete freute sich, trotz der Arbeit, die jetzt erst einmal anstehen würde. Hans freute sich, weil er seine Spielsachen in der Küchenecke sofort wiederfand, und die kleine Brigitte, die vom Umzug ins kleine Haus schon wieder müde war, schlief schnell und friedlich in der Wiege ein, die der Vater für sie gebaut hatte.

Die beiden Frauen legten sofort los, am Abend wollten sie fertig sein mit ihrem Großputz. Hans war im Hof mit sich und seinem Spielzeug beschäftigt und Brigitte schlummerte tief und fest. Helene und Margarete teilten sich die Zimmer auf, die sie aufräumen und putzen wollten. Margarete nahm sich gleich das Wohnzimmer vor. Das Erste, was sie tat, bevor sie Besen und Lappen benutzte, sie öffnete die Schublade im Wohnzimmerschrank. Sie war leer. Sie öffnete alle Schubladen und alle Türen. Die Dokumente fehlten. Margarete rannte durch das Haus, suchte mit ihrer Mutter zusammen alle Räume ab. Sie fanden nichts. Im Küchenofen unter der Eisenplatte entdeckten sie verkohlte Reste von Holz und Papier. Vaters Texte hatten den Soldaten zum Feuermachen gedient.

Margaretes großer Schatz, das Erbe ihres Vater, die Gedichte und Geschichten, die sie die vielen Jahre der Diktatur und des Krieges überleben ließen – sie waren verloren!

Margarete war zutiefst erschüttert. Sie setzte sich an den großen Tisch im Wohnzimmer, auf den Stuhl, auf dem ihr Vater damals gesessen und all diese Gedanken aufgeschrieben hatte. Sie konnte ihre Tränen nicht zurückhalten. War das ihre Strafe? Hatte sie all die Jahre die Augen verschlossen vor dem, was in Deutschland geschehen war? Hatte sie es sich bequem gemacht mit den schönen, friedlichen Gedanken ihres Vaters? Sie musste zugeben, dass es für sie tatsächlich einfacher gewesen war, wegzuschauen, die Dinge, die passiert waren, nicht zu hinterfragen, den Befehlen zu gehorchen und die innere Stimme, die oft genug etwas anderes geraten hatte, zu ignorieren.

Sicher, sie war ein kleines Mädchen gewesen, sie kannte kein anderes Deutschland als das, was die Nationalsozialisten ihr präsentiert und vorgeschrieben hatten. Niemand hatte ihr gezeigt, wie es hätte anders gehen sollen. Vielleicht hätte es der Vater gekonnt, doch der hatte sie viel zu früh verlassen.

Und jetzt saß sie hier, ohne ihren Schatz, ohne ihre rettende Zuflucht und musste sich eingestehen, dass auch sie ein Teil dieser Gesellschaft war, der alles mitgemacht hatte und von nichts etwas wissen wollte.

Diese Einsicht war erschütternd und quälte Margarete am großen Tisch im Wohnzimmer.

Brigitte rührte sich in ihrer Wiege. Sie war aufgewacht, vielleicht weil sie Hunger hatte. Margarete nahm ihr Kind auf den Arm und wusste im selben Augenblick, dass sie eine Aufgabe hatte. Ihr Kind in ihren Armen und auch ihr ungeborenes Kind und alle Kinder, um die sie sich zukünftig kümmern würde, sie sollten Menschen werden, die nicht wegschauten, die sich nicht versteckten, wenn Ungerechtigkeit herrschte. Sie sollten ehrliche Menschen werden, Menschen, die zum Mitleid fähig wären. Das versprach Margarete ihrem Kind auf dem Arm und dem Kind in ihrem Bauch.

Helene kam ins Wohnzimmer und sah ihre verheulte Tochter am Tisch. Lass uns weitermachen, sagte sie nur und reichte Margarete ein Taschentuch.

Heimkehrer

Margarete musste weitermachen. Die Familie musste weitermachen, Helene und die Kinder. Die Nachbarn im Dorf mussten weitermachen, alle in Deutschland mussten weitermachen! Die Schwierigkeit war nur: Sie alle wussten nicht, wo sie hätten anfangen können, wo sie anknüpfen konnten. Da war kein Faden mehr, den sie hätten aufgreifen und weiterspinnen können.

Der Sieg der Welt über die Deutschen, über die Nationalsozialisten, hatte alles zerstört und ungültig gemacht, woran die Besiegten in den letzten zwölf Jahren unerschütterlich und blind vor Eifer geglaubt hatten. Da war nichts mehr übrig von den Vaterlandsfanatikern, von den Herrenmenschen, von der überlegenen Rasse der Arier. Es gab keine Ziele mehr, keinen Glaubenssatz, der nicht durch den Krieg und die Abermillionen von Toten zum Nichts verkommen war.

Im Gegenteil: In den Zeitungen und Wochenschauen zeigten sie ihnen die Bilder der Konzentrationslager mit den Bergen nackter Leichen und den wenigen bis auf die Knochen abgemagerter Häftlinge, die körperlich und seelisch zerstört an den Stacheldrahtzäunen standen und nicht wussten wohin mit ihrem restlichen Leben. Das hatten die Deutschen getan! Margarete erinnerte sich an die Menschen, die 1938 an den Plätzen und Straßenrändern auf ihren Abtransport gewartet hatten. So gerne hatte sie damals geglaubt, dass diese Mitbewohner der Stadt nur in ein Arbeitslager gebracht wurden, dass es ihnen dort gut ging. Jetzt wusste sie, was wirklich passiert war.

An manchen Orten führten die Amerikaner die Bewohner naheliegender Dörfer in diese Lager. Sie mussten sich das ansehen, die Leichen anfassen und die Gräber schaufeln für die tausenden Toten. Was war übrig geblieben vom Anstand und dem Respekt vor dem Leben? Mit was hätten sie also jetzt anfangen und weitermachen sollen?

Margarete wusste es am allerwenigsten. Was war eigentlich vor Hitler in Deutschland? Sie hatte keine Vorstellung davon und auch Helene konnte nur vage berichten von einer zerbrechlichen und chaotischen Demokratie, die ein Reichspräsident anführte in der Façon eines Kaisers.

Doch sie mussten weitermachen, neu anfangen, ihren Kindern zuliebe, Brigitte, die gerade das Laufen lernte, und dem Kind, das in ihr heranwuchs und genauso ein neues, eigenes Leben wollte wie jeder andere, der überlebt hatte. Sie war es ihnen schuldig.

Margarete und Helene waren schwach und ausgezehrt. Sie hatten in den letzten, langen Monaten gehungert, damit ihren Kindern etwas zum Essen blieb. Helene war Witwe, Margarete fürchtete, sie könnte eine werden, so lange hatte sie nichts mehr von ihrem Mann gehört. Doch jetzt mussten sie beide dafür sorgen, dass es weiterging, dass Hans die Schule besuchte und lernte, dass Brigitte aufrecht stehen und ihre ersten Wörter sprechen konnte, dass das Baby im Bauch sein Leben beginnen durfte. Das war jetzt ihre Aufgabe.

Sie hatten ihr kleines Haus im Dorf wieder, ihre Zuflucht. Viele hatten das nicht. Sie hatten es wieder hergerichtet und geputzt. Es war etwas verloren gegangen, doch jetzt war keine Zeit, darüber nachzudenken und zu trauern. Helene half in Worms, die Trümmer aufzuräumen. Dafür bekam sie Zusatzpunkte auf ihrer Lebensmittelkarte. Margarete stellte die Nähmaschine auf den Küchentisch. Während Brigitte zwischen ihren Beinen krabbelte und versuchte, sich an den Stühlen hochzuziehen, nähte sie aus Stoffresten und zerschlissenen Kleidern Neues zusammen. Das gab ein paar Groschen, Eier oder ein paar Knochen für eine Suppe.

Jetzt war es tatsächlich der Hochsommer, den Margarete hochschwanger überstehen musste. Ihre Mutter gab ihr immer die größte Portion, wenn sie das Wenige zu einer Mahlzeit zusammenwürfelten. Sie sah, dass Margarete schwach war und das Kind in ihrem Bauch vermutlich auch. Margarete gab von ihrem größeren Teil etwas an Brigitte und Hans ab. Die beiden hatten immer Hunger, sie wuchsen und konnten ihr Wachstum nicht bremsen.

Die Menschen im Dorf versuchten Normalität vorzuspielen. Es war fast wie früher in ihrem kleinen Dorftheater. Alle taten unschuldig und freundlich, keiner wollte je etwas gewusst haben von den Grausamkeiten der Nationalsozialisten, genauso wie sie die Augen vor den unangenehmen Wahrheiten verschlossen hatte. Die, die früher in ihren braunen Uniformen durch das Dorf stolziert waren und gebrüllt hatten, waren auf einmal friedliche Lämmer, die sich schon wieder still und heimlich bei den neuen Autoritäten einschleimten und um einflussreiche Posten buhlten. Margarete sah die große Scheinheiligkeit, wenn sie diesen Menschen auf der Straße begegnete. Sie hielt Abstand, nicht weil sie sich besser vorkam, sondern weil sie sich selbst mitschuldig fühlte.

Einmal besuchte Luise ihre Freundin Margarete im Dorf. Viele der Stadtbewohner hofften wohl, dass sie auf dem Land ihre übriggebliebenen Besitztümer in etwas Essbares tauschen konnten. Dass bei Margarete nichts zu holen war, wusste Luise. Sie hatte sich an das kleine Haus erinnert und war einfach vorbeigekommen. Margarete war froh, dass Luise überlebt hatte. Sie wohnte jetzt bei Verwandten in einer vollbesetzten, engen Wohnung. Dass sie die Bombenangriffe auf Worms im Frühjahr unverletzt überstanden hatte, war, wenn man sich ihre

Schilderungen anhörte, ein wahres Wunder. Jetzt war sie allein mit ihren alten und traumatisierten Eltern.

Anfang September rührte sich das Baby in Margaretes Bauch. An die komfortable Geburtsklinik in der Stadt war diesmal nicht zu denken. Es war gerade noch hell, als Helene die Hebamme aus dem Dorf holte. Nach zwanzig Uhr durften sie wegen der Ausgangssperre nicht mehr auf der Straße sein. Sie taten es trotzdem und Margarete hatte bei der Geburt ihres zweiten Kindes wenigstens die Unterstützung der erfahrenen Geburtshelferin.

Margarete brachte einen Jungen zur Welt. Er war klein und schwach, genauso schwach wie seine Mutter. Das letzte, entbehrungsreiche Kriegsjahr zeigte seine Folgen. Margarete fütterte den Kleinen mit dem Löffel, weil er die ersten Tage zu entkräftet war, um an der Brust zu trinken. Sie selbst hatte so viel Kraft verloren, dass sie zwischen den Mahlzeiten für das Neugeborene in einen Dämmerzustand verfiel. Mehr denn je brauchte sie die Hilfe ihrer Mutter.

Margarete dachte an Otto. Sie wusste immer noch nicht, was mit ihm geschehen war. Wenn er jemals zurückkam, sollte er sich freuen über seinen Sohn. Sie nannte den Jungen nach Ottos Vater. Er hieß nun Albert.

Der Herbst stand bevor und dann der Winter. Es war nichts Gutes zu erwarten. Lebensmittel waren knapp, es gab keine Kohle für den Ofen. Sie würden frieren müssen. Deutschland war zerteilt und statt der Amerikaner regierten jetzt die Franzosen in den Städten und Dörfern des linken Rheinufers. Sie waren genauso streng wie ihre Vorgänger.

Dann passierte doch das Wunder, mit dem Margarete fast nicht mehr gerechnet hätte. Otto stand vor dem großen Tor des kleinen Hauses, klopfte nur einmal und öffnete es selbst. Er war mager, man sah ihm die Strapazen der langen Reise an. Er kam direkt aus Italien, wo er in einem britischen Internierungslager gefangen gewesen war. Margarete fiel ihm um den Hals, die kleine Brigitte stand schüchtern in der Küchenecke und wunderte sich über den unrasierten, zerlumpten Mann, der die Mutter in den Armen hielt und das Mädchen anlächelte. Albert lag in Ottos Wiege und schlief. Jetzt konnte alles nur besser werden.

Otto war gesund, er hatte keine Verletzungen davongetragen. Er konnte sich um seine neue Familie kümmern. Von dem, was er erlebt hatte im letzten Kriegsjahr, sprach er nur wenig. Von der grausamen Bombennacht in Dresden, den Leichenbergen am Dresdner Hauptbahnhof, von seiner eiligen Versetzung nach Italien und den letzten verzweifelten Kämpfen gegen die Übermacht der Briten und Amerikaner, davon erzählte er seiner Frau. Doch vieles blieb für immer unausgesprochen. Vieles hatte er für immer verbannt in sein tiefstes Inneres. Seine Angst, sein Schrecken vor den vielen Toten, die neben ihm und hinter ihm und vor ihm im Graben lagen und ihn vorwurfsvoll mit ihren toten Augen anstarrten. Diese fürchterlichen Geheimnisse behielt Otto für immer für sich. Er packte an, was sollte Otto auch anders tun? Seine Frau lebte und er war Vater zweier Kinder, die Hunger hatten. Die Arbeit half zu vergessen.

Margarete und Helene konnten sich ein zweites Mal freuen: Heiner hatte es genauso geschafft wie Otto. Er hatte überlebt und war unverletzt geblieben. Er kam nicht allein zum kleinen Haus, er brachte seine Freundin gleich mit in die Familie.

Helenes kleines Haus machte sich groß, so kam es Margarete vor. Plötzlich passten da fünf Erwachsene und drei Kinder in die wenigen Zimmer. Keiner beschwerte sich, es musste gehen.

Die Männer gingen zur Arbeit, in die Zuckerfabrik, oder sie schlugen das Holz der Straßenbäume, damit es im Haus ein wenig wärmer wurde. Sie saßen zum ersten Jahreswechsel nach dem Ende des Krieges zusammen in der Küche. Mit ein paar aufgesparten Kartoffeln, Maismehl und etwas Zucker aus der Fabrik hatte Margarete süße Küchlein gebacken, Otto hatte schwarzen Tee von den Engländern aus dem Lager mitgebracht. Es war die erste friedliche Silvesterfeier seit langem und sie hofften auf ein gutes, neues Jahr.

Und das kleine Haus im Dorf holte noch einmal tief Luft und dehnte noch einmal kräftig seine Wände. Ottos Tante hatte den weiten Weg von Thorn bis nach Worms geschafft und wo hätte sie auch sonst unterkommen sollen? Doch der Weg war nicht nur weit, er war auch strapaziös und frostig gewesen. Das kleine Kind der Tante war unterwegs in der Eiseskälte erfroren. Wer hatte die Kraft, sie zu trösten?

Ein weiterer Verwandter Ottos stieß noch zu ihnen. Ein Onkel hatte das kleine Haus im Dorf gefunden und blieb für einige Tage und Nächte. Er war auf der Suche nach seiner Familie, die schon vor ihm in den Westen geflohen war, während er noch im Volkssturm hatte kämpfen müssen. Er erholte sich schnell, war ungeduldig und machte sich auf den Weg, um weiter nach seiner Frau und seinen Kindern zu fahnden.

Das neue Jahr war kalt und begann mit harter Arbeit. Otto und Heiner schufteten in der Ziegelei und mussten Steine hauen und schleppen. Als früherer Postangestellter in Thorn, in seiner alten Heimat, hatte sich Margaretes Mann bei der Deutschen Bahn beworben. Die brauchten junge, starke Männer für den Gleisbau. So viel war zerbombt und musste wiederhergestellt werden. Bei der Bahn bot sich Otto ein sicherer Arbeitsplatz mit Aussicht auf eine betriebseigene, günstige Wohnung in der Stadt und eine geordnete Zukunft mit gutem Arbeitslohn. Damit würde er seine Familie ernähren können. Und Otto empfahl dem neuen Arbeitgeber seinen noch jüngeren Schwager. So fand auch Heiner seine Arbeitsstelle bei der Bahn. Für alle ging es bergauf.

In Helenes Garten sprangen bald wieder ein paar Hühner, Otto hatte den alten Hasenstall repariert und Heiner auf geheimen Wegen zwei lebendige, junge Hasen besorgt. Jetzt wohnten die Hasen im Stall und wurden ordentlich gefüttert, Brigitte pflückte den Löwenzahn und Gras aus der Wiese. Mit den Eiern und dem Hasenfleisch als Festmahl kamen sie jetzt ganz gut über die Runden, der schlimmste Hunger schien überwunden.

Im ersten Jahr ohne Krieg und ohne die Befehle eines Diktators und seiner willfährigen, untergeordneten Anhänger lebte die Familie trotz vieler Einschränkungen in Sicherheit und fasste Zuversicht.

Margarete war zum dritten Mal schwanger und im Januar des zweiten Friedensjahres brachte sie ihren zweiten Sohn zur Welt. So wie Margarete in ihrer Familie hatte Brigitte jetzt zwei jüngere Brüder, die sie sorgsam beschützte. Gab es doch einen Faden, den Jakob und Helene gelegt und den sie nun nach allen Irrungen des Krieges wiedergefunden hatte und weiterspinnen konnte?

Manchmal dachte Margarete an ihren Vater und an das, was er verloren hatte. Viel zu früh war sein Leben zu Ende gewesen und zum Schluss musste er den Soldaten, die Deutschland befreit hatten, seine Gedanken, Gedichte und Geschichten opfern, damit der Frieden beginnen konnte. Margarete hatte beim Aufräumen im Wohnzimmer immerhin noch ein paar Handschriften des Vaters entdeckt. Es waren frühe Fastnachtsreden. Margarete war zu der Zeit, als sie geschrieben wurden, gerade mal zwei Jahre alt. Sie hatte diese Texte kurz nach dem Tod ihres Vaters bereits separiert und an einem anderen Ort aufbewahrt. Jetzt waren sie gerettet.

Wenn Margarete diese Reden las, hörte sie die Buben des Dorfes, wie sie ihr hinterhergerufen hatten, um sie zu ärgern. Ihr Vater hätte bestimmt gelacht und sich darüber gefreut, wenn sie ihm es damals erzählt hätte. Margarete hoffte, dass in der neuen, freien Zukunft ohne Krieg und Hass und Gewalt die Dichter wieder ihren Platz unter den Menschen finden und einnehmen würden, dass sie den Menschen zuhörten und ihnen in ihren Geschichten und Reden den Spiegel vorhalten würden. So hatte es Jakob gemacht und er hatte recht damit gehabt.

Die junge Familie Hellmann 1931:
Jakob und Helene und die Kinder
Heiner und Margarete,
Foto: Familienarchiv

Jakob Hellmann (ganz links außen) als Regisseur seiner Theatertruppe
Ende der 1920er Jahre, Foto: Familienarchiv

218

Danke

Ich bedanke mich zuallererst bei meinem Bruder Günter, dem Familien-Archivar, der mir mit Dokumenten und Fotos geholfen hat, die Geschichte unserer Mutter nachzuvollziehen. Mein Cousin Stefan Erbeldinger konnte erstaunlich viel Material zu unseren gemeinsamen Großeltern beisteuern, vielen Dank dafür, lieber Stefan.
Ich bedanke mich bei meiner Frau Barbara, die die ersten Versionen meiner Texte kritisch gelesen, mich korrigiert und zum Weiterschreiben ermutigt hat.
Besonderer Dank geht wieder einmal an meine Tochter Sofie Raff, die trotz Berufstätigkeit sich die Zeit genommen hat, mein Manuskript professionell zu lektorieren. Auf ihren Rat und Hilfe hätte ich nie verzichten können.

Mai 2024

Über den Autor

Der Autor Ulrich Sichau wurde 1955 in Worms geboren. Er studierte Germanistik, Pädagogik und Philosophie in Mainz und Tübingen. Nach dem Studium und Zivildienst war er Geschäftsführer einer soziokulturellen Gesellschaft und Mitbegründer des Kulturcafés Nepomuk in 
Reutlingen. Anschließend arbeitete er fünfzehn Jahre als Programmierer und Projektleiter in der IT-Branche und weitere fünfzehn Jahre als Gymnasiallehrer für die Fächer Deutsch, Geschichte und Gemeinschaftskunde. Ulrich Sichau ist verheiratet und hat zwei Kinder. Heute lebt er im Ruhestand in Tübingen.

Bisherige Veröffentlichungen:

Verpackt: Ein Bilder- und Lesebuch zur Warengesellschaft BRD
Verlag: Trotzdem-Verlag, Reutlingen, 1979
ISBN 13: 9783922209034 | ISBN 10: 3922209033

Abenteuer auf Laxos, Kinderbuch
Verlag: Books on Demand, 2021,
ISBN-13: 9783754301067 | ISBN-10: 3754301063

Unzugänglichkeitspole, Biografischer Roman
Verlag: Books on Demand, 2022,
ISBN-13: 9783756207343 | ISBN: 978-3-7562-0734-3